彼身

被指定的人生課題

◉林黛嫚／著

聯合文叢 731

目次

輯一——彼身

輯二——回應與祝福

彼身

被指定的人生課題

輯一——彼身

01 並不很久以前

二〇〇二年歲末，曹又方舉辦了生前告別式，許多影、歌、視、文藝名人出席談她精彩而美麗的人生，我和她相處的一小段人生僅僅只是微不足道的插曲，然而卻在多年後產生了意義。

一九九八年秋天，我和曹又方站在落磯山脈最深的峽谷瑪琳峽谷（maligne canyon），松林步道旁即是深達數十公尺的峽谷，較窄處幾乎快看不到河水了，即便大太陽的天氣陽光也照射不到峽谷深處，眼下是類似一線天的景觀，只不過不是往上看天空，而是往下看河流。

我們在看什麼呢？望進峽谷深處的目光似乎無處投射，感覺是時光在看著我們，未知的遠方時光。

因著副刊編輯工作之便，常有和文學相關的旅行，譬如以文學為名的采風活動，在一九九〇年代以後，兩岸的交流通暢，這類的文化交流對於兩岸互相認識一定有相當的影響。這些大多由報紙副刊或文藝團體發起的交流活動中，除了遊覽參觀之外，通常也會應景地安排一至兩場兩地作家的座談，在這類活動中，交流的文人可能只有這一面之緣，很難留下深刻印象。一趟十天或兩週的旅行，讓我覺得有意義的反而是和在國內也許並不熟、或是一年難得見上一面的作家朋友，因此有了密切而記憶相連的旅行。

那次和文友們走訪北美，是由時任《中華日報副刊》主編應平書召集，難得隊伍拉到重洋外的楓葉國。回來之後，冰原大道的驚奇景色卻愈來愈鮮明。那本《一生必遊的五〇〇經典路線》，聽說是一本很熱門的書，剛好在圖書館看到，便翻閱一下，乘風扇船漫遊艾弗格雷茲沼澤、印度南部喀拉拉迴水之旅、桑波號北極圈破冰之旅、南喬治亞島沙克爾頓穿越之旅、溫萊特橫跨英格蘭海岸健行步道……每一條經典路線都讓人心嚮往之，卻又覺得是那麼難以達成的夢想，別說五〇〇，一個人一生能經臨幾條路線呢？但在北美這趟交流旅行我終於看到一條經典大道——冰原大道，是我曾經遊歷過的景點。冰原大道之所以經典，因為「在這趟旅程中，你有機會就近欣賞一般陸路無法看到的景觀，冰雪覆蓋的嶙峋山峰，海拔大多超過三千三百公尺，聳立於清澈的湖面之上，亞高山帶的原野開滿了野花，而草木不生的凍原，即使在仲夏仍隨處可見白雪覆蓋地面……」我們正凝視著的瑪琳峽谷也是其中一個著名景點。

景色固然稱得上經典，但那趟行程縈繞不去的卻是，和曹又方在瑪琳峽谷找洗手間的回憶。

曹又方很少參加這一類的活動，久居海外回國不久，和文壇的人來往不多，以她的年紀和經歷也算大老身分，很自然和同行文友走不到一塊兒。由於她參加過副刊辦的幾次活動，和我相對較熟，整趟行程中經常同席同行。行程走到瑪琳峽谷，導遊介紹完景點特色，指點方向後，便讓我們自由活動，閒逛間曹又方突然覺得肚子不適，為解釋不適緣由她說了句：「肚子漲漲的，大概生理期快到了。」

我陪她在山林細泉中尋找可以解手的地方。雖然已經生育了兩個孩子，我對女性生殖系統的認識大約只有國中衛教的程度，至於疾病，那更不是我這年輕健康的身體必須去理解的事物。心中雖閃過一個念頭，她這個年紀還有生理期，正常嗎？但也只是一閃而過，沒有細究。

當時我們都不知道，行程結束回臺後，她便在醫院裡檢驗出罹患晚期卵巢癌。根據我在旅途中共處的經驗，曹又方是非常注重養生的人，她不菸、不酒、不喝茶和咖啡，只喝白開水。透過報導，我也得知她早睡早起，作息正常，每天進健身房，每週打三次羽毛球。她飲食清淡，一向奉行「少油、少鹽、無味精」的烹調政策。這樣養生、勤運動又注重飲食的人，怎麼會生病？而且一發現時已是晚期癌症。

她分析自己得病是來自三種癌症性格：一、壓抑情緒；二、武斷批評；三、緊張大師，曹又方是個過度消耗自己的人，作品非常多量，類型也廣，個性獨來獨往，每天行程緊湊，對己對人要求甚高，又非常注重形象，以至天天活在壓力之中。加上她長年便祕及更年期服用荷爾蒙都是她罹癌原因。她生病後檢討反省自己，能面對接納它、處理它，放下它。之後寫了兩本書，一本是寫她生病過程，書名《淡定與積極》，一本是寫她病後食療。她生病後我不好打擾她靜養，較少接觸交往，在手術及化療之後，效果不錯，曹又方又出來參加文友的活動，在「中國婦女寫作協會」大會上，有人提議她來接理事長，但她對自己的身體有疑慮，我一時衝腦脫口而出，「你接吧，我來幫你」。改選後她果然當選二〇〇一年第十五屆婦協理事長，而要我接祕書長，我也只好從命。

可惜她當選後不久，距離第一次開刀兩年半後癌症復發，她又經歷一次大手術，出院後經常到美國或中國大陸求醫及追隨氣功師傅，待在臺灣的時間不多，這三年任期幾乎是我一個人身兼理事長和祕書長。她當選後出版的作品，在作者介紹的地方都會寫入「中國婦女寫作協會理事長」的經歷，可見她也珍惜自己走過的這段路。

二〇〇二年歲末，曹又方舉辦了生前告別式，她希望能在生前就聽到好友們要對她說的話，現場貴賓很多，氣氛感人，我默默坐在會場後端，聆聽許多影、歌、視、文藝名人談她精彩而美麗的人生，我和她相處的一小段人生僅僅只是微不足道的插曲，然而卻在多年後產生了意義。

02 傾聽身體的聲音

這位社區醫師總是能用最淺顯的語句讓患者明白，但這次他可能也看到了凶險處，竟慌得連開立文件的費用都忘了收。我走出診所，回望這間照看了我四年多的診所，無意間捕捉到S醫師眉間緊蹙的憂心，他彷彿已經看到我那被指定的人生課題。

離開診所時，路上行人稀少，亮晃晃的陽光像一大匹白紗毫無遮掩地撒下，明明這麼好的天氣，我卻打了一身哆嗦，寒意從腳底昇起直竄上頭頂。那一向冷靜自持的S醫師，似乎也被這突如其來的發現亂了心神，還要我到診間外稍候，待他開立轉診單。

「怎麼確定是惡性的呢？」

「因為腫瘤的邊緣不規則，而從有腹水的情況看來，已經穿透腫瘤，跑出去了。」

這位社區醫師總是能用最淺顯的語句讓患者明白，但這次他可能也看到了凶險處，竟慌得連開立文件的費用都忘了收。我走出診所，回望這間照看了我四年多的診所，無意間捕捉到S醫師眉間緊蹙的憂心，他彷彿已經看到我那被指定的人生課題。

發動車子前先發了幾封訊息，告知家人及少數幾位好友，訊息標題是：輪到我了、被癌症時鐘敲到了。

翻越半個臺北從新店到南港這家診所看診，不嫌麻煩的原因是我自己掌握方向盤。我性好自由，方向盤一轉，想去哪裡就去哪裡，而如今，和疾病相關的第一個念頭是，它即將剝奪我的自由，就從掌握方向盤開始。

車上高速公路，從士林交流道下，走通河西街轉接洲美快速道路，這片原先陌生的地域是來淡江教書後才識得的，有段時間系上資深的前輩教授下課回家常搭我的便車，兩人都有空時，也會共進晚餐。前輩是出名的美食家，因而也多識了幾處不錯的餐廳。這條可以避開塞車大道的濱河捷徑便是在她指點下行進的，她說起當年淡江中文系草創時的故事，還沒有個人研究室，午休時間就在系辦公室拉起一條布簾，男同事一邊女同事一邊小睡片刻。而平日沒車代步的她，有段時間朋友出國，託她管理車子，於是她每天下班時扮演交通車司機的任務，把系上男同事送回家。這麼久遠的事，對我這個資淺的淡江人來說，真像神話故事。

不知怎的，竟突然興起，下次再行駛在這條路上是何年何月的念頭。這是一種末日感嗎？只是末日未到之前，目的地仍會先行抵達。

進到研究室，下午一點有課，我是個任何事都要提前做好的人，擔心接下來可能會被就診時間卡住，得先把急件處理好送出去，這也是我先生在電話中要我直接回家學校別去了，而我無法聽從的緣故。

二〇一九年二月我曾寫一篇臉書貼文〈傾聽身體的聲音〉，內容寫的是我過往兩次不覺得有壓力而身體有狀況的經驗，內容如下：

千禧年前，接了一個工作之外的任務，寫一本傳記書，因為寫作的形式和平常採訪報導並無不同，除了截稿時間稍微緊張了些，但在傳媒工作，趕稿是常態。我把工作量略做分配，認為應該可以按部就班在期限內完成。才進行沒多久，非常奇妙的，每天晚飯後過半小時，就覺得胃部似有石頭壓住，不舒服地悶重。當時還很年輕，完全不知道是怎麼回事，總要平躺下來，休息個把鐘頭才稍稍緩解。在報社對面內科拿藥，醫生開了簡便的胃藥，一個週期一個週期吃下來，有時好，有時不好，直到醫生說，這一次的藥吃完若沒改善，建議我去大醫院徹底檢查。幸好當時書稿已近尾聲，竟然在書稿交出去後就不藥而癒。後來我才想起發作的時間是晚上九點，正是我收拾好廚房，準備開始寫稿的時候。

同樣的事在我寫博士論文那段時間再次發生，每天在電腦前工作，一邊吃著醫生開的胃藥，一邊想著，到底是要喝咖啡讓腦袋清晰，還是不喝咖啡讓胃輕鬆？我其實覺得我的博論內容熟悉而能掌握，對我來說並非太困難的事，但也是要到完成初稿而胃疾同時消失，才終於確定仍是那莫名的壓力作祟。

最近幾年胃患並未來犯，我肆無忌憚地喝咖啡，以為生活舒心愜意，這次身體卻換了個方式來警醒，果然不能隨心所欲，還是要傾聽身體的聲音。

這次身體提醒我的不是胃，而是生殖系統。更年期後我定期去兩個孩子出生的醫院找早年幫我接生的婦產科Z醫生檢查，他說我有許多小肌瘤，我還問為什麼會長肌瘤？Z醫生的回答很有趣，他說：「子宮不長孩子就長肌瘤啊！」還說，建議我開刀拿掉，避免後患。我未有開刀經驗，兩個孩子都是自然產，突然要開刀，聽起來也不是個小手術，當然無法立即決定，我說讓我考慮考慮。朋友介紹我去尋求第二意見，找了一位有點親戚關係的醫生，雖然遠在南港，但我希望是能設身為病人著想的醫生，而不必為了考量醫院或個人的利益過度醫療。這位原本也在大醫院現主持家庭診所的S醫生檢查之後說，更年期後的良性肌瘤不必開刀拿掉，變化惡性的機率也只有兩千分之一，定期回診緊密觀察即可。有S醫生順合我意的第二意見，我當然樂得不理會Z醫生的建議。

上頭這篇臉書貼文，是因某天在S醫生的診所定期檢查，他覺得似乎子宮內膜較厚，S醫生認為我這個年紀這樣的厚度不正常，要我去大醫院進一步檢查，我回去找Z醫生，照了超音波後，雖然認為只是一次偶然的排卵，但Z醫生又建議開刀拿掉肌瘤吧，免得被威脅，一顆心總是懸著。我想想也對，於是預定了農曆年後放完寒假的開刀日期。只是臨開刀前，查了一些資料，也問了曾動過相關手術的朋友，都說開腹切除子宮是個大手術，沒休養一兩個月是不可能恢復的，意思是我想在過完年後請兩個星期假去開刀然後回到工作崗位是不成熟的安排，於是我又去看Z醫生，把開刀日期延到暑假。沒等到暑假，因為又去S醫生那兒看診，S醫生說內膜厚度正常，肌瘤追蹤即可，更年期之後會慢慢縮小的，於是我就把開刀這件事丟到腦後。

如果如果，當時我動了這個手術，我的人生課題會不會不一樣呢？

03 爸爸牽著我的手

父親忙著三份工作賺錢養家，和孩子幾乎沒有互動，那種父親執著孩子的手教他讀書寫字的畫面，於我便是童話故事。《中副》曾製作母親節專題「媽媽牽著我的手」，對我來說，母親牽著我的手的次數很少，反倒是我對父親牽著我的手記憶深刻。

我的寫作一直在探索我如何成為現在的我，也就是我的人生是如何走到現在的？從我小時候邂逅了一座圖書館，閱讀開啟了認識世界之窗，也為我爭取到以知識階層流動的本錢。在這個探索過程中，我忽略了一點，那就是我的原生家庭對我的影響、我的父親母親他們的人生是怎麼形成的、他們有沒有機會決定自己或子女的未來？我並沒有深入了解。日前讀了瑞典醫生漢斯．羅斯林的人生思辨《我如何真確理解世界——漢斯．羅斯林的人生思辨》，觸動我去思考這個問題。

羅斯林兒時透過咖啡豆產地認識這世界的其他國家，這段故事十分動人，羅斯林的父親是咖啡研磨廠的工人，研磨的咖啡一袋一袋送入機器，包裝袋中的物品包括硬幣，會經過一塊強力磁鐵而被留下來，父親每晚下班將羅斯林抱坐在大腿上，訴說著每個硬幣或金屬物品的故事。一枚來自肯亞的東非硬幣，讓只有八歲的羅斯林知道殖民主義；裝著硬幣的麻布袋來自巴西，這是全世界生產咖啡最多的國家，經由這些物品，一張世界地圖展開。這本書訴說一個出身寒微的年輕人，如何學會理解世界、在生命最艱難的時刻做出抉擇，藉由科學說法深入各個角落，重新詮釋如何觀看這個世界的方式。

在羅斯林祖父輩出生的時代，那是常年的饑荒與赤貧，這也是他的家族先人自一八六四年起開始移民的原因，而讓他的外婆和母親得以脫離赤貧，迎來美好人生，羅斯林認為要歸於幾個相互影響和彼此強化的因素：

第一是瑞典的經濟成長，這足以解釋為什麼我的外公儘管有酗酒問題，仍能找到工作，出身泥水匠的他薪水穩定提升，就算他浪費了一大堆錢買酒，仍然買得起一臺縫紉機。

第二則是包括學校、醫療體系、國家營運的孤兒院，和針對酒精濫用者的戒斷中心內由國家稅收經營的社會服務項目。如果沒有這些，我外公的酒癮問題到後來可能會更加嚴重。這說明了為什麼我外婆的一生雖然充滿不確定性、仍能和他一起走下去。

第三個因素是，民間社會以許多方式幫助與挽救了我們這個邊緣化的家庭。包括為我媽開授縫紉機課程的救世「貧民窟姊妹」，以及在夏令營擔任志工的大學生帶給我媽的文化體驗。

就是這種由市場、政府與民間力量構成的協同作用，將羅斯林的外婆與媽媽推離苦難，並將羅斯林放在通往福利國家的門檻上。

廿世紀初的瑞典通過羅斯林歸納的這些因素，讓像羅斯林這樣原先貧窮的人得以擁有自己想要的人生，那麼，我的父親母親呢？出生於廿世紀下半，流行語言說是五年級前段班的我和我輩中人，是否有機會選擇或決定自己想要的生活方式？

關於家譜、宗室這些華人傳統文化的事，對於貧困家庭來說，也許不那麼重要，人要先能吃飽穿暖活下去，才能談其餘。當然或許因為時代變化，資訊接收面越多越廣，社會大眾對於傳統禮俗的維繫也沒有那麼堅持，再則我是女兒，將來結婚依華人的看法是別家的人，林家的事務自是無法干涉。因此我對家譜的想像只在客廳角落神桌頂上那座公媽龕。那一次，就是尾叔要把公媽分回家拜，我看見父親從神主木牌的背後拿出一張紅紙，關於林家的身世，大約只剩下那張紙上的記載吧。

父親努力要生個兒子傳宗接代，可惜沒能如願，雖然身為家族長子的他由於地位以及付出，在弟妹們心目中仍然地位崇高，但在弟媳或是妹婿眼中卻未必。尾嬸覺得過年過節都要提著牲禮到大哥家拜公媽，是一件苦差事，明明自家又大又寬敞，祭拜的牲禮也更豐厚，為什麼不能當家做主？尾嬸應該也暗中爭取很多年了，終於父親點頭，同意尾叔分出公媽，於是我才能看到那一張古舊充滿歷史痕跡暗紅色的紙。

副刊編輯工作，每年母親節都會製作專題，有一年的大標題是「媽媽牽著我的手」，邀請十幾位作家撰文書寫和母親的動人記憶。對我來說，母親牽著我的手的次數很少，反倒是我對父親牽著我的手記憶深刻。那是我考臺北女師專放榜那天，父親實在太得意了，找了個藉口，帶著我繞著上村下厝一圈，到處跟鄰人說，這是我女兒，她考上北女師啊！

和父親相關的事，都是我自己從零亂破碎的訊息中拼湊出來的，和事實的距離是多少如今已無從查證，為何會這樣呢？童年時父親是嚴父形象，除了買制服、要註冊費，以及偶爾需要繳交費用不得不開口伸手之外，父親忙著三份工作賺錢養家，和孩子幾乎沒有互動，那種父親執著孩子的手教他讀書寫字的畫面，對我來說便是童話故事。成家立業之後，雖然和父親開始可以像個朋友一樣平等說話了，但回家都是作客，日常對話占去大半，而且我和父親生活方式、關心的角度也越來越有距離，話題深入不了，待他晚年失智之後，更失去了對話空間。幸好這些想法至少都是我的感受與理解，即使不符現實，我想也沒有人會在意了。

譬如這篇散文〈父親的兒子〉裡敘述的事。

父親一直想要有個兒子，這可能也是我會存在這世上的理由之一。在我們家，關於生兒育女的傳聞很多，我聽過一兩個，當年聽到這些笑談時，口中溢滿酸水，眼眶熱熱的，卻硬撐著睜大眼睛，不讓那酸熱的感覺滋長成淚水。

說是母親要生老四時，助產士請到家中，鄰居差人去通知父親，父親放下手中的工作，騎上腳踏車要趕回家迎接新生兒。在醫學技術還不能讓人事先知道胎兒性別的年代，誕生的那一剎那，揭曉的不只是性別，還有滿足或失望，很像玩擲骰子或丟錢幣，一翻兩瞪眼，也沒有推倒重來的可能。

父親從辦公廳回家的路上，心中充滿的就是這種想望吧，想要一個兒子，這次應該能如願吧，已經有三個女兒了啊。還沒騎回到家門，已經有鄰居站在巷口告訴父親，是千金啊（傳播這故事的人在這裡並沒有特意說明，不過我寧願創造我的版本，鄰居們傳達這訊息時，仍然是報喜，母女均安啊）。聽到這個訊息，父親剎住腳踏車，兩隻長長的腳撐在地上，在巷口呆站了一會兒，然後掉轉腳踏車的把手，往來的路上騎去，要回去繼續工作，盡領薪水的義務，至於做父親、做丈夫的責任呢，下班再說吧。

我從來沒有問故事中那個老四，對這個故事有什麼想法，我鴕鳥式地相信，還好不是我，我誕生時，全家人應該是充滿期待和歡欣的氣氛。

父親晚年失智之後，開始說起他有一個兒子的事。年輕的父親和對過山頭的女孩有過一段情，「我就是三妹固定的守護郎，三妹在對過山腰看見我拿出扁擔，就收拾東西，跟我在山腳會合，我們爬上另一座山頭，一起走下山，再爬上另一座山，上上下下走著。」

這個徐三妹有名有姓，和父親每星期總有兩三天在一起一整天，相處久了也有感情，父親心裡是想娶她的。「有一天她告訴我月事遲了，我正想著要怎麼趕快處理這件事，她就消失了，打聽到消息時，她已經嫁到新竹去了。」

當父親第一次說起這個故事時，我像法官審案子一樣，咄咄逼問個中細節，其實我已然注意到許多不合情理處，父親在衛生所工作不是那個年紀，還要再年長些，而且已經娶了母親。時間兜不攏不說，在那山裡生活的人，家境接近，知道女兒跟了鄰家男孩，比較合理的做法是去男孩家討公道，而不是把女兒匆匆草草嫁掉，就算是八點檔連續劇，編劇也該給個交待吧。

然而這些細節都不重要，他想要有一個兒子，他那生養了七個女兒，那因生活的重擔、磨難而傾駝、逐漸削弱的身形，彷彿因為有了一個兒子而突然高大膨脹起來。父親做著「我有一個兒子」的美夢，一直到他身後。

〈父親的兒子〉

我已經聽三姊說過一次了，但我堅持要聽他自己說。

「爸爸，聽說你有一個兒子？」

這樣的問話很奇特吧，如果是在四、五十年前，飯菜上桌，姐妹們圍站在餐桌旁，看著香噴噴、熱騰騰的飯菜，卻不敢動筷，因為一家之主還沒就位，等到父親坐下來，拿起筷子挾了一筷，所有人才敢拿起自己的碗筷挾好菜離席，那麼這樣的問話可能換來一巴掌。就算是一、二十年前，嚴父已經柔軟成慈母了，聽到這樣不客氣的問話，也會覺得是冒犯而不予理睬吧。然而這時的父親卻不加思索回答我，就像已經被問過很多次，回話的內容已成了標準答案那般。

「是啊，那是我還沒和你媽媽結婚以前的事……」

父親一直想要有個兒子，這可能也是我會存在這世上的理由之一。

姓氏與性別在祖父那一代就主宰著我們家族的命運，本姓翁的祖父被過繼給林家，承擔傳宗接代的任務。父親是長子，他自己有四個兄弟，五個姐妹，在那個男丁是生產主力，是家族財產，而女兒是賠錢貨的年代，父親有足夠的兄弟，甚至還有個弟弟過繼給伯父，又從林家人變回翁家人，於是有一位不同姓氏的親叔叔，而父親也記得在往後的日子裡，叮嚀我們，將來可以和姓林的聯姻，就是不可以嫁給姓翁的。

從現代的科學來說明，不過是X或Y的問題，不過是機率的問題，有那麼難嗎？何況父親試了七次，七次啊，除了天不從人願外，還能有什麼解釋？也多虧父親想要一個兒子，否則以母親孱弱的身子，以那時艱辛的家計，父親在衛生單位工作，而政府已經開始推廣「兩個孩子恰恰好」的家庭計畫，若不是傳宗接代的重擔壓著，排行老五的我，會不會來到人世呢？可能是個問號了。

在我們家，關於生兒育女的傳聞很多，我聽過一兩個。說是母親要生老四時，助產士請到家中，鄰居差人去通知父親，父親放下手中的工作，騎上腳踏車要趕回家迎接新生兒。在醫學技術還不能讓人事先知道胎兒性別的年代，誕生的那一剎那，揭曉的不只是性別，還有滿足或失望，很像玩擲骰子或丟錢幣，一翻兩瞪眼，也沒有推倒重來的可能。

父親從辦公廳回家的路上，心中充滿的就是這種想望吧，想要一個兒子，這次應該能如願吧，已經有三個女兒了啊。還沒騎回到家門，已經有鄰居站在巷口告訴父親，是千金啊（傳播這故事的人在這裡並沒有特意說明，不過你寧願創造你的版本，鄰居們傳達這訊息時，仍然是報喜，母女均安啊）。聽到這個訊息，父親剎住腳踏車，兩隻長長的腳撐在地上，在巷口呆站了一會兒，然後掉轉腳踏車的把手，往來的路上騎去，要回去繼續工作，盡領薪水的義務，至於做父親、做丈夫的責任呢，下班再說吧。

我從來沒有問故事中那個老四，對這個故事有什麼想法，我鴕鳥式地相信，還好不是我，我誕生時，全家人是充滿期待和歡欣的氣氛。

「那時我們住在山上，租著一片山，靠著種一些在山裡容易生長的農作物度日。山路荒涼漫長，若要出山到村子裡變賣農作山產，或替換生活日用，都得花上一整天，我們這種壯漢一天爬上爬下幾座山當然不成問題，可是山裡的姑娘即使體力、腳力跟得上，一個女孩子走那麼遠的路，還是膽小。」

「所以山裡的女孩若看到有哪一位鄰家男孩要出去送貨，往往會跟著出門，一段時間下來，一位姑娘跟定哪一位少年，就成了大家心照不宣的事。我就是三妹固定的守護郎，三妹在對過山腰看見我拿出扁擔，就收拾東西，跟我在山腳會合，我們爬上另一座山頭，一起走下山，再爬上另一座山，上上下下走著。」

還有一個故事，關於名字的趣事，在你長大後偶爾會拿來自我調侃當笑話說的趣事。

曾有一次我在電視鄉土劇中看到一個老阿嬤名叫「不纏」，臺語講得還算輪轉的我把這兩個音在口腔中繞了幾圈，還是覺得「纏」那個音跌跌撞撞說不出口，我問了家裡的阿嬤，知道除了「不纏」之外，在那個重男輕女理所當然的年代，一般還可見到女人取名「罔腰」、「罔市」，是臺語諧音，意指勉為其難地扶養。家裡女孩子太多，後來才出世的較常被取這種名字，帶點無奈與怨嘆。也有把女兒取名「招弟」、「盼弟」，透露期待這個女兒招來男丁的迫切渴望。

老四的名字最後一個字是婷，亭亭玉立、娉婷婀娜，很美麗的字，接下來老五老六是嫚和婉，都是很女性化的字，趣味就在這兒，因為已經有三個女兒了，老四又是女的，於是取名「婷」，希望生女兒的事停下來；老五還是女兒，於是取名「嫚」，讓生女兒這件事慢下來吧；到了老六，就說轉個彎吧，別再生女兒了。結果如何，大家都知道了，老七仍是女兒，七千金，七仙女。據說父親的最後一個女兒，他甚至已經不願再花腦筋去停啊、慢啊或拐彎之類的，命名的事就交給老大去做了。

有一次我在說這笑話時，不提防從外頭返家的父親聽到了，他面無表情地走開，事後他對我說，孩子的名字都是他翻字典取名的，小妹的名字也是實在想不出好看又好聽的字，才問問老大意見。父親這話背後沒有說出的意思是，我可沒有像你說的隨便對待這七個女兒。

我應該慶幸父親沒有給我們取名罔市、罔腰，或是招弟，即使是停啊、慢啊、轉的，也比美玉、淑芬、美華那些菜市仔名好吧。

「我還記得三妹姓徐，我們每星期總有兩三天在一起一整天，相處久了也有感情，我心裡是想娶她的。有一天她告訴我月事慢了，我正想著要怎麼趕快處理這件事，她就消失了，打聽到消息時，她已經嫁到新竹去了。」

「既然男未婚女未嫁，你們又常在一起，幹嘛不把她嫁給你？」

「對方嫌我們家窮吧，我也不知道啊。」

「那你後來又是怎麼知道她生了兒子？」

「好幾個月後吧，她打電話給我，告訴我生了兒子。」

「那時你家哪有電話（只差沒說，你騙人）？」

「她打到我辦公廳，我那時在衛生所做事。」

「這麼多年，你都沒想到去找她嗎？」

「找她做什麼，人家都結婚了，幹嘛去打擾她的生活。」

我像法官在審案子一樣，咄咄逼問個中細節，其實我已然注意到其中不合情理處，父親在衛生所工作不是那個年紀，還要再年長些，而且已經娶了母親。時間兜不攏不說，在那山裡生活的人，家境接近，知道女兒跟了鄰家男孩，比較合理的做法是去男孩家討公道，而不是把女兒匆匆草草嫁掉，就算是八點檔連續劇，編劇也該給個交待吧。

這些都已經不重要了吧，他想要有一個兒子，他那生養了七個女兒，那因生活的重擔、磨難而傾駝、逐漸削弱的身形，彷彿因為有了一個兒子而突然高大膨脹起來。

父親到了無法獨居的階段，試過和七個女兒輪流居住，也試過請外勞看護，最後安排父親住到護理之家，他和裡頭的一個護理師很投緣，備飯、洗澡、餵藥等事都堅持要她處理，我們戲稱她為老八。由於之前的折騰，看到父親在這兒安頓下來，眾人總算放下心。

某年夏天，趁著父親意識還清楚，我們安排帶父親去度假，父親在小木屋裡無法安靜下來地、前前後後走動著，口中喃喃唸著，「有女兒真好」，你無法得知那是因著當下情境自然流露出的讚嘆，還是在現階段的生活中他終於發現女兒是他唯一的依靠，從老大到老八。

可是他仍然做著，「我有一個兒子」的美夢。

在人生的許多階段，我都這麼想，我的父母若沒有生這麼多孩子，兩個、最多三個，於是在世間的他們可以過更好的生活，雖然排行老五的我就不會出生，或者不會出生在這個家庭了，那又如何？執意要一個能傳承香火的兒子，於是把一家九口的重擔馱在身上，這樣會比較好嗎？當然我的想法不會改變什麼，命運領著我們所有人向前走。

04 母親的笑顏

我從未見過母親的笑臉，在我和她相處的有限年歲中，我的記憶裡沒有母親的笑臉。當然也沒有哭泣的容顏，那個年代堅毅的女性，為了年幼的孩子們，只知道奮力向前行，沒有時間哭泣。

和母親生活的記憶雖然有限，但我寫的書都和母親有關，我在書裡傾訴著無法當面對母親說的話。

那篇寫颱風夜的〈圓月〉，重點在寫面對強風暴雨，為母則強，母親如何安排弱小孩子去避難的經過，但過了這麼多年，我印象深刻的仍是那嚇人的狂風。有一段時間，母親病體漸緩，鄰人把屋前的那片香蕉園分一半給母親照顧，雖然拿起農具做農事對長年臥病的母親可能是個奢求，但想到香蕉收成後多少可以換點錢貼補家用，於是勉強拖著孱弱的病體在陽光不太熾烈的時候多少照看著香蕉樹。「初時我放學回來，遠遠就能聽見鋤頭搥地『碰碰』聲，我書包一丟，趕緊進園子裡幫忙，她拄著鋤頭喘氣，汗水順著她臉的輪廓沿頸子流下，我在一旁拍趕蒼蠅兩手張開猛力揮擊，像個英勇的戰士護衛家邦。她一句『回去寫功課』，溫和卻不容反駁，我只得捨了那群繞她而飛的蒼蠅。回到家裡，我對著窗子寫功課，眼睛能張望到的遠方是一個朦朧的身影在做活，耳邊隱約有雜亂而軟弱的敲擊聲，粗壯的香蕉樹包圍著嬌小的她。」那全家人寄予厚望期待收成後有筆收入，香蕉園卻毀於颱風。不只香蕉園，我們位於邊間的房子被強風正面轟擊，屋頂吹掀牆壁半倒，不得不到鄰居家避難。大一點的孩子到張家，小一點的跟著母親到陳家，想到期盼了一晚的中秋月餅泡湯了，大妹喤喤大哭，而我還惦記著聽說中秋的月最圓。

〈圓月〉

在那個時代，她這樣過了一生，不能說是個悲劇，但由於我和她的親密關係，使我一思及便是一陣錐心的刺疼。冥冥中注定她無從受教育，注定她嫁給我父親，注定她為一家子操勞，注定她纏綿病榻而亡。在她的歲月裡，苦多樂少，然而她一貫平和的胸襟卻不曾對這樣的命運產生怨懟，甚至目光裡偶爾流露出無奈都心覺不安。佛祖是她的信仰，在佛光普照大地之時，她卻這樣不受庇佑地過了一生。

她出生的年代完全在我的記憶之外，只能從長輩的敘述中，拾掇生活的痕跡。日據時代的末期，也不能祈求怎樣舒適的生活，平地人卻住在深山裡，飲食自足，學業無著，鎮日在山裡做活，由少時拾拾枯枝，挑水拔草撿取野菜，到耘地、鋤草、收成的工作一肩挑。她長大了，然而日子只是為了要過下去而過，不曾吃飽穿暖，卻也沒有餓著凍著，不能再向命運要求更多，生活裡唯一的娛樂便是在澗石上跳躍，採摘野果往嘴裡塞，山林就是這樣最大的奢侈。她這樣過了二十年。

家人為她找了婆家，見過一次便進洞房，總是門當戶對的苦人家，沒有人去講究排場，從此她開始了後半輩子。和此後的生活比起來，毋寧婚前更幸福些，然而一切都過去了，那無憂無慮的跳躍，放縱無知的自我，兄姊們的包容呵護，都隨著初夜的第一聲雞啼成了過去。

這是更沉重的一家子，公婆年老體衰，還有許多幼弟幼妹尚待拉拔。她黎明即起，在炊具不足，食物缺零的情形下整治早餐。喚起一家人各自吃完稀到不能再稀的稀飯，上工的上工，上學的上學，人人都好似有著艱辛的路程需要奮鬥，沒有人喚她吃飯，這個長嫂是娶來添人力的，當她對著朝天的鍋碗，腹中饑火被往裡吞的眼淚澆熄，女人是可以在一夜間完全成長的。

她隨著這一家人和生活搏鬥。這是一種怎樣的辛勞我無法了解，然而日後由她的胼手胝足，以及腰背不時的纏疾，總是令人思之心酸的。她的孩子兩年一個規律地出生，公婆接連去世，弟妹們順序成長出外謀生。父親帶著我們在小鎮定居，靠著穩定而微薄的薪水度日。陡然間，生活的型態改變了，她不用再煙燻淚落地炊煮，不用再背著小姑在田裡耕作，一剎時，她以為苦日子從此遠去，不禁感激地流下了淚。

隨著我的呱呱墜地，只有我知道，這仍是一個萬劫不復的煉獄。

接連生女兒，身為長子的父親掩飾不住徹底的失望。甚而鄉人向他報喜：「四千金降生了。」父親面無表情，過門不入。她躺在床上，耳聽父親的腳踏聲「ㄍㄧ ㄍㄨㄤ ㄍㄧ ㄍㄨㄤ」地遠去，眾女兒環在她身畔，她卻只感到無邊的孤寂。

貧窮的家境不容她好生坐月子，沒幾天她又下床搓搓洗洗，眼望罩在蚊帳裡的我，皺縮的臉顏，拱著紅潤的嘴唇，那小嘴卻是需索食物的，這女兒未及滿月就只能湊合著喝米漿，她自然滿心歉疚。

日子依然清苦，雲淡風輕的歲月中，七千金誕生了。這時連失望的表情都不曾在父親臉上出現。小女兒來得艱辛，她經歷波折，終究藉著動手術保著母女平安。我透著泛黃的白布簾，眼見她疲憊地躺在床上，四周白慘慘的牆壁猶壓不過她死灰的臉色，姐妹們擁在一起，卻也只能一旁待她自己復甦。父親把裹在棉被中的小妹擺在床上後，便不曾再望一眼。晚餐桌上他一人沉著臉吃，大家噤聲望著父親用罷，才湧向餐桌。

她眼盯著向外行去的父親，歲月折騰下微駝的背，頓時忘了自身的痛楚，滿心憐惜父親身上的重擔。姐妹在桌上爭搶食物，杯盤湯匙的撞擊聲引得父親回頭怒目一視，她慌忙過來制止，方想起空了的米缸，雖知父親猶有餘怒，仍不得不怯怯地開口：「沒有米了。」原以為接著是一陣咆哮，孩子們感受到風雨欲來的氣息，止了送飯入口的動作，然而父親無言地離去。她望著父親的影子在門口一寸一寸地退逝，以及開始放肆大嚼的女兒們，勉力抑住的痛苦在這片刻紛湧上身，她弓著軀體，壓住小腹，下體汩汩滲出暗紅的血液，她喚大姐拿紙來拭，二姊奔過去幫忙，撐扶她坐定，大家驚覺她一臉的淚。

之後父親除了固定的薪俸外，在鄰鎮開了藥房，多方張羅一家的吃食。父親不在的日子逐漸增多，屋子裡談話嬉戲的聲音跟著響亮起來。她時時得拖著孱弱的身子做家事。鄰家陳媽得空常過來串門子，她們坐在窗前，陳媽說門前的那片香蕉園分一半給她耕種。舉鋤頭的日子對她的身體狀況來說是個奢求，但想到在地上漫爬的小妹，以及長一點的一個一個累積起來龐大的教育費，她只得感激地點頭，心下卻對緊逼過來的工作感到恐懼。

初時我放學回來，遠遠地就能聽到鋤頭搥地的「硿硿」聲。書包一丟，我趕緊進園子裡幫忙，她拄著鋤頭喘氣，汗水順著她臉的輪廓沿頸子流下，我在一旁趕蒼蠅，兩手張開猛力揮擊，像個英勇的戰士護衛家邦。她一句「回去看書」，溫和卻不容人反駁，我只得捨了那群繞她而飛的蒼蠅。回到家裡，我對著窗子寫功課，眼裡是一個朦朦朧朧的身影在作活，耳邊響著雜亂而軟弱的敲擊聲，粗壯的香蕉樹包圍著嬌小的她。正午時分，陽光潑辣的照著。

這番額外的辛勞，使得那陣子我們吃得好些，身上的粗衣服多些花色。姐妹們做完功課在香蕉園追逐嬉戲，小妹喃喃學語的嬌憨，以及放下工作讓女兒圍著她撒嬌，這些使她臉上肌肉稍稍放鬆些，不再那麼緊繃。只是旁人眼裡瞧她仍是這麼苦，父親出現的次數越來越少，這群婦孺張口要吃，就只能靠這片香蕉園。

中秋夜，我們眼前死瞪著食櫥裡一隻雞，以及神案上一盒月餅，片刻也捨不得離開。她喚人到門口張望父親，姐妹們推來拖去無人肯動，總是擔心離開的當口會有什麼變化。她再次呼喚，大姐到門口匆匆一瞥便回報「還沒」，又趕緊回來守著月餅。夜深沉，風雲密布，父親還不見人影，收音機裡颱風警報的催促越見急迫。直至風雨強烈地吹打屋牆，發出欲崩裂的聲響，她吩咐大姐帶著其他姐妹避到右鄰。抱起小妹，牽起大妹，在我的攙扶下，去敲陳媽的門。

這一夜，屋外風雨咆哮，我們母女緊擁一處，已經沒有屋頂掀開，雨勢潑灑而下的恐懼，手裡捧著陳媽精心炊煮的米粉。騰騰的熱湯嚥到肚中卻盡是酸楚。她不由得惦記起尚未歸來的父親，牽掛著搖搖傾危的屋室，兩道秀氣的眉因而皺縮著，大妹在她懷裡吵著要吃月餅，我想到一夜的守候俱落空，以及寄人籬下的委屈，不禁火起，吼她一句「屋子都沒得住了，還吃」，大妹哇的一聲喤喤大哭，她忙著哄大妹，沒有心思責怪我。我遂凝神細想，窗外是怎麼樣的圓月？

颱風肆虐之後，我們望著這一地零亂，不能言語。月餅泡在水裡，和著瓦灰成了一團稀爛，大妹望了抿嘴欲哭。家狗守候在那隻雞旁，多虧牠不曾覬覦，大姊走過去拾起洗淨，這已是劫後唯一的食糧。姐妹們忙著和瓦石泥水爭奪衣物，颱風離去，尚有許多漫長的寒季要過。她呆立一旁，似連思想都覺困難。不敢回眼去望身後的香蕉園，這時候就是祈禱也無法使攔腰折斷的香蕉樹再挺直。她透過破裂的屋頂望天，雨後的天空清碧如洗，陽光溫煦無威，只有日子仍是這般艱難。

這些日後思來都不忍回顧，然而她仍是撐持下來。鄰人好意走告父親的行蹤，千謠萬言俱指向父親有異心，她笑笑搖頭，一副成竹在胸的模樣，倒叫鄰人不好再說。開學註冊在即，她只能瞪視著香蕉的斷根枯坐，頹倒的香蕉樹正在泥水中腐爛，我知道我們的註冊費也在水中泡湯。幾次見她夜坐窗前垂淚，不知是擔憂父親或是煩惱學費？意外的是開學日她仍備妥了學費，我們歡天喜地上學去，不去疑惑錢的來處，日子雖苦，她倒不曾令我們煩憂。

她病發時，我們都不在身旁，放學回來，屋子裡外找不著人，鍋爐是冰冷的，腹餓引起的恐慌迫得我們分頭尋找。鄰人告知她在醫院裡，我們見了仍是畏縮，只敢遠遠地瞧她雙眼闔閉的那張蒼白臉。

醫院只待了三天。回家之後她不曾再下過床。父親改造房間供她獨居，吃喝拉睡均在此處。她從終日操勞到如今鎮日無事，陡然間生命多出好長一截，但長得令人不知所措，於是她耐心地學識字，學業是她這輩子最大的遺憾。從注音符號到國字她逐一學習，用功的程度令我們不忍心不盡力教導。父親見了，探問一句：「讀書啊？」她羞得兩頰緋紅，我注意到她是個美麗的女子，卻從來沒有人讚美，就連她的存在價值也沒有人給予肯定，我們這些蒙受她恩澤的卻又幼弱的無從回報。

姑姑、叔叔來探病。這些她一手拉拔大的弟妹如今已成家立業。小姑見了她這般病容眼淚直掉，倒要她來勸慰。大姑塞了些錢給她，說是別讓父親知曉，給自己買些好吃的。她只是笑笑，這笑裡有不露痕跡的感激以及對父親的包容。這些錢她是買了些營養的食物，不過大多進了我們肚裡。

她再次入院已不成人形，瘦削的臉頰緊貼著骨頭，我每一瞥間便是熱淚盈眶。姐妹們輪流去照看她，她屢次以歉疚的神態面對我們，好似她為我們所做的一切都是應該的，而此時我們耗費時間來陪伴她卻成了她心上的負擔。病痛終日折騰她，她卻從不叫苦，一個人默默承受那嚙心的疼痛。山林泉源孕育她這般的堅毅嗎？她應該是一個弱女子的，但垂淚之餘，她堅強得不容人忽視。時常她注視自己滿是針孔的手腕，臉上淡漠顯不出任何激動的神色，也許那祥和的容顏中有傷感、有愁怨，但這般情緒又説與誰聽？夜裡因疼痛而輾轉反側，不能成眠，我屢見她目光茫然，生命這麼深奧，不是她能夠理解的。

這最後一個中秋節。她堅持要回來，距離上一次颱風的中秋夜已過數個寒暑。

這些年中，我們漸次成長，屋子拆掉重建，雖説不上美侖美奐卻也無虞風雨。歲月在一切事物上留下了痕跡，讓人時刻感受到它的迅捷無情。我們圍坐賞月，眼前是她所熟悉的世界，但一草一木卻逐漸從她生命中退離。原是香蕉園的地方，現在搭起了香菇寮，一座一座的茅屋包藏著農人的無窮希望，如今她的希望又如何拋投？鋤頭蒙上重鏽丟在一旁，它已失去生命於是被人遺忘，人若是失去生命是否也將遭遺忘？頭上明月圓圓，無私地照拂每一個人，包括母親，以及她墓上的青草。

接下來我的人生每一個中秋節，記憶都停在那一個寄人籬下的中秋節，那個年代寄人籬下不是什麼稀罕事，許多文學作品中也有各式各樣的呈現，但那卻是我唯一一次的經驗，不久以後，靠著父親微薄的收入要養活這麼一大家口而無需寄人籬下，那得付出多少勞力與時間！

〈大花、阿灰及其他〉則是我和母親的貓狗回憶。大花怎麼來的無從查考，因家中其他人都不在意，她很快成為我的貓。冬天的夜裡我的被窩會在肚子上隆起一塊，我的肚子便是大花的床，要到牠睡得酣暢發出呼嚕聲被母親發現，從被窩中拎出來扔出房外。直到大花生了四隻小貓我才知道原來牠是會生小貓的母貓。我為四隻小貓取了好聽的洋名安娜、芭比、莉莉和雪兒，幫著大花細心看顧牠的孩子。不過這些有著好聽名字的美麗小貓下場如何，你們應該都想到了。某天我放學回家，小貓都不見了，母親說：「我本來要留下雪兒的，但是牠最先被挑走，小貓有人要是好事，何況一隻小貓換一斤紅糖呢！」母親的解釋我不想聽，我只是想，為什麼大人總是不認為小孩也有屬於自己財產的權利？

〈大花、阿灰及其他〉

我第一個寵物是貓，活生生的家貓，不是棉布貓、絨布貓、加菲貓。我記得。

相對於如今滿城遊走的流浪貓、流浪狗，那時候我居住的那個小鎮，是沒有「流浪動物」這個名詞的，所有的貓、狗都被豢養著，即使是在貧窮的家庭也有剩飯菜餵貓、養狗；即使那是不被固定人家三餐供養的，也總是屬於某個鄰里；即使是野貓、野狗，牠們也很容易覓食。

貓的壽命多長，我不清楚，總有一、二十年吧，我的第一隻貓，也是唯一的一隻貓——大花，牠伴我度過了童年、少年、青少年。

大花怎麼來的無從查考，但牠很快成為我的貓，因為對家中其他人來說，牠只是一隻貓，但對我來說，卻是朋友。

大花是隻平凡不過的母貓，黃褐色夾雜白色，有鬍鬚，會咪嗚，柔軟的四肢，喜歡被人輕搔頭部以及睡著時腹部發出輕微而規律的呼嚕聲。

我熟知大花的一切，因為除了上學時間，牠幾乎都和我在一起，夜裡我的被窩會在肚子上隆起一塊，我的肚子便是大花的床，直到牠發出呼嚕聲而被媽媽發現拎出來扔到地上。

我不像小女生為洋娃娃取詩情畫意的名字，某本書寫著，古代人給孩子取小名，總是取得又土又賤，如小狗子、二柱子等，如此才不會遭天妒而能順利成長，我希望我的貓平平安安，牠是隻大花貓，所以就叫大花。

家人們不許我與大花如此親密，他們說，大花不該上床，牠那麼髒。我說，牠怎麼會髒，牠天天自己洗澡呢！

小學放學早，三、四點的光景還是一天中的黃金時段，我走進籬笆內，大花總不知從哪個角落竄出來，「咪嗚」著在我腳邊廝磨牠的鬍鬚，然後我彎腰抱起牠來，牠肥厚的肚子正好抵在我的肩胛骨上，那模樣像是做成圍脖的皮草。

大花只有兩種特殊情況下不像我前頭所述般糾纏著我，一是牠的發情期（當然是國中學了「生物」之後才知道這名詞）；一是牠有了許多小貓以後。

大花在春秋兩季固定的時間，會不願意賴在我腿上或肚子上睡大頭覺，牠總是在吃過晚飯後便消失了蹤影。然後在深夜人靜時，屋頂上響起十分奇特的貓叫聲，那聲音淒厲而悠長，如同提琴生手，把琴弦搭在最高亢的那根弦上，始終不肯罷休地撕扯著琴弦。叫聲不止一種，也就是說叫春的貓不只一隻，此起彼落地，像要喚醒全人類一起來欣賞牠們的喜悅。我總是在大花的叫聲一起，就擺脫惺忪睡意，我知道牠在那兒，在某一片瓦片上，我知道哪一條旋律是大花發出的，這話有點荒誕，總之我認定了那個聲音就是大花。

某一次發情期過後，我發現大花總在那充當倉庫的小房間中出入，而當我尾隨而至時，牠便警覺地停住腳步，豎起尾巴，用不友善的目光瞪著我，甚至發出一兩聲帶著怒意、粗嗄的嗚聲，並且和我較量誰較有耐性似地，僵持在那兒，直到我頗覺無趣而離去。

然而我仍然發現了牠的祕密，在那些小貓眼睛已開，軟毛長出，四足健壯，已經耐不住倉庫紙箱的狹小氣悶，而紛紛溜出來活動時。我初看到那麼多可愛的小貓時，真是禁不住大聲讚嘆，哦，好可愛呀，一、二、三、四，有四隻呀，都是和大花一樣黃白相間的花貓，只有一隻色毛在肚子、尾巴及耳朵，其餘部分都是純白，我立刻就愛上了這四隻小貓，毫無條件地。

或許是小貓已經大了，大花不再介意與我分享牠的孩子們，我也理所當然擔起照顧牠們的責任，我為牠們一一取了很好聽的名字，安娜、莉莉、芭比和雪兒，當小妹跟我討一隻時，我也慷慨地將安娜送給她，雖然才五歲的她根本搞不清楚哪一隻是她的貓。

我記得那幅畫面，那似乎是我對那些小貓最後的記憶。

一個假日，陽光煦暖的午後，籬笆已經拆掉砌成了牆，牆的寬度是一條可供大花躺臥的長廊，大花在那兒，睡得那麼專心，完全是靈巧的貓族不該有的沉睡，莉莉、安娜在牠右邊，雪兒、芭比在左邊，小貓們還偶爾昂起頭來咪嗚兩聲，大花則是動也不動，如果牠是人類，必定鼾聲如雷。牠的孩子都在身邊，躺在野狗們只能昂頭狺吠的高度，這世界已沒有什麼可擔憂的，大花當然能酣睡如飴，我猜。

當小貓長得更大一些時，媽媽說，我們家不能養那麼多貓的，我聽見了也沒聽進，總認為小貓是我的呀。卻在某天放學回家，屋前屋後找不著小貓的蹤跡，我急著問媽媽，媽媽說，來，要不要吃紅糖，小貓換來的。我哇地一聲哭出來，媽媽被我嚇了一跳，她沒想到我的反應那樣激烈，忙安慰我，別哭別哭，本來要給你留下雪兒的，但牠最先被挑走了，有人願意養還是好的，否則我們最後也只有把牠們丟了，何況一隻小貓換了一斤紅糖呢！

我還是哭，這時已經不是為了小貓離去而哭，心裡頭埋怨的成分多些，為什麼大人總是不認為小孩子也有自己的財產！

大花比我忘得更快，我不曾見牠屋裡屋外找小貓，倒像牠從來就是孤單一個。奇怪的是，直到我離家北上求學，大花不再孕育小貓，牠依舊定期發情，只是不再懷孕，也許牠比我更清楚骨肉分離的痛苦。

大花後來怎麼了，我居然不知道。小貓事件後，我忙聯考，聯考完後，我離家外宿，大花移交給小妹了，臺北的繁華以及住校生活的繽紛，使我徹底遺忘大花睡在我腿上，伴我伏案夜讀的日子。

城市的生活沒有貓，幾年來，甚至連撫觸貓的柔軟感覺都十分陌生。前年，印尼峇里島的一趟旅遊，觀光地點是廟宇，但我寧願去欣賞尋常人家，就在一條畫匠群居的小街上，我看見了一隻貓，長得像雪兒，除了毛色是灰黑色，而且位置在背部，牠躺在地上，就在畫家身邊，靜靜地盯著畫筆的移動，我突然想起大花，我的第一隻貓，一股憤怒混雜著歉疚的情緒攫住了我，我居然忘了如何逗貓、抱貓，而我曾經那麼親密地擁有一隻寵物，大花。

早年很少看見父親的笑臉，到了經濟上軌道，女兒們都長大了，可以幫著撐起家庭經濟，父親常常展露著笑臉，我們回娘家，他整天笑呵呵的，尤其看著孫兒孫女，臉上的笑紋從未平撫過。

後來那張皺成一團的笑臉，也常常哭泣，父親晚年情感豐沛，有時飯桌上說起往事，說著說著就哭起來了……一開始我們很受驚嚇，那是從小像山一樣高大的嚴父啊，怎麼變成愛哭的小孩？直到失智後，不管是笑臉、哭臉都很少見，只成為一張木然沒有任何情緒的臉。

我從未見過母親的笑臉，在我和她相處的有限年歲中，我的記憶裡沒有母親的笑臉。當然也沒有哭泣的容顏，那個年代堅毅的女性，為了年幼的孩子們，只知道奮力向前行，沒有時間哭泣。

我為母親寫的作品那麼少，迄今為止的書寫我只關注如我這般的女性，受過完整教育，擁有經濟力，建立完整家庭，有能力追求自我實現，也或多或少對社會有點用處……，如我這樣的女性能走到這一步，固然有個人的努力與機緣，卻也有時代變化的意義。而我母親呢？她沒有機會受教育，沒有經濟能力，雖然有家庭卻很少能享受家庭生活的樂趣，大半生都在生育，哺養，甚至沒有機會理解自己的人生是怎麼一回事，只知道被時間與疾病推著走，直到生命終點。

若我說，接下來，我希望能為母親以文字繪成畫像，還來得及嗎？

05

我不在的地方

病人在這個醫療鏈中看似主體，其餘的人事物都繞著這個需要求治的主體，醫師、護理師、職員甚至清潔工，機械、器材、藥物、輔具等，莫不是因為病人而運作起來，但病人卻是其中最沒有自主權的，護理師要你吃藥、去排尿、換衣服、坐上輪椅，一個口令一個動作，沒有討價還價的空間。

判斷很少是計算、衡量所有的選擇之後的結果，人們其實經常依賴直覺。當年會在那家醫院產檢、生產，也是因為就在公司附近，而且我身邊的孕齡婦女都在那一家醫院生產。二姊罹病之後原想就近在家附近的社區醫院開刀，被妹妹們阻止，代約了大醫院的醫生看診，手術結果良好。但當腫瘤復發，卻遇到大醫生要離職，二姊聽從婆家人的安排，轉到地區醫院動手術，日後病情發展和換醫院有沒有關係，也無從求證。

健檢以及在算是家庭醫師的婦科診所兩處都確定有惡性腫瘤的可能，我得決定要哪家醫院找哪一位醫師診治。透過從事長照事業的兒子安排，到大醫院找婦癌名醫C醫師看診，又做了超音波等檢查。看診時，C醫師說，「確實有一個四公分左右像鴿子蛋大小的腫瘤，具體是什麼要等電腦斷層結果才能判定，先排CT吧。」他體貼地沒有提到惡性、癌症這樣的字眼。只是我們都明白，那似乎只是尚未說出口的祕密。

過了兩星期，CT和血液報告出來，再次看診，數據看起來還好，而那四公分的腫瘤無論如何是要切除的，於是快速安排了開刀日期。我當病人是不擅長的，看診時醫師怎麼說就怎麼聽，並不知道要詢問醫師什麼問題，大多是我先生在和醫師對話，我呢，就當一個乖順的病人吧。

這段期間，除了看診和檢查，所有行程必須重置，既定授課之外，其餘應允的事務都得去信取消，行事曆上剩下簡單的幾次授課和預定的檢查。全部取消，不是延後或替換而是取消，因為不知道未來如何。未來一直是未知的，只是從未如此銳利地告訴我，未知就是未知，不會有預知紀事，更不會提前揭曉。

手術前一天下午，總醫師又幫我做了一次超音波，當時她覺得那四公分的腫瘤比較像肌瘤，並且說這影像C醫師也會看到，晚點可以做正確的評估。傍晚時C醫師巡房，接續總醫師的說法，說今天的超音波感覺那個腫瘤不是卵巢，而是肌瘤，很像蘋果的蒂，因此有三種可能：一、那個看起來是卵巢腫瘤的其實是子宮肌瘤。二、那骨盆腔腫瘤是單側卵巢腫瘤，且為良性的。三、若術中冷凍病理切片惡性腫瘤，則會改為傳統開腹手術，續進行子宮全切除等等。

聽了C醫師的說明，感覺更樂觀了，只有三分之一的機率是不好的狀況。雖然我記得，有位朋友乳房有腫瘤，開刀前醫師說只有百分之二的機率是壞的，結果開出來正是那微小的百分之二。

這日麻醉醫師也到病房說明，其中一個重點是自費的自控式止痛幫浦，醫師說如果是腹腔鏡手術，就不必使用此止痛裝置，若改開腹手術，再為我裝上。

或許是感覺狀況比原先預想樂觀，開刀前的焦慮並沒有影響心情，我一夜好眠。清晨被護士喚醒，做術前準備，因為是第一臺刀，七點左右已經在病房裡就緒，等候移送至開刀房。

進入這個龐大的醫療體系一個多月來，從陌生漸漸熟悉。病人在這個醫療鏈中看似主體，其餘的人事物都繞著這個需要求治的主體，醫師、護理師、職員甚至清潔工，機械、器材、藥物、輔具等，莫不是因為病人而運作起來。但病人卻是其中最沒有自主權的，護理師要你吃藥、去排尿、換衣服、坐上輪椅，一個口令一個動作，沒有討價還價的空間。這還是你意識清楚、行動自如的時候，如同此刻，我安靜地坐在輪椅上，等著移送人員帶我躺上病床，推病床至手術室。

進入手術室，就是孤身一人，家人只能在等候室看著電腦螢幕上變動十分緩慢的姓名與數字，那工作我做過，在我先生動幾個不大不小的手術時，自身進到這手術房卻是第一次。等候被切割的病人躺成一列，啊，有這麼多疾病這麼多器官需要處理，護理師不斷過來要你背誦姓名和出生年月日，不要嫌煩，這是系統正常運作的機制之一。

終於，輪到你了。病床推進開刀房，亮晃晃的超大聚光燈在頂上，再核對一次身分，麻醉師過來告訴我接下來要怎麼做，只是他的說法和我的理解是兩回事，即使聽了我仍然不確切知道將會發生在我身上的事。很快地我就會進入深度睡眠，接下來所有的事我都無所著力，只能等著，醒來。那麼，睡吧，希望醒來的時候是晴天，我在自己心上掛了一個晴天娃娃。

再次可以聽見，感覺只是一瞬間，我的記憶停留在麻醉師對我說的話，以及好幾位護理師俐落地移床、脫下手術衣、蓋上保暖衣。原先是在一個十分寧靜的處所，無聲無色，只有一個虛無的自己靜靜待著，然後開始有些動靜，說話聲，幫浦動作的噗噗聲，有人走路，有人靠近你按按你的手臂……讓你知道你不是一個人。漸漸感覺身旁十分熱鬧，都是說話的聲音，混沌的時刻消失了，我清明地想起自己是手術過後，待在恢復室。從身旁護理師們的交談中，知道現在的時間是一點多。

一點多？怎麼可能？我是第一臺刀，大約八點開始，什麼樣困難複雜的手術需要進行五個小時？然後我看到了那個機器，自控式止痛幫浦，所以是進行開腹手術，到底是為什麼呢？一位護理師靠在我耳旁呼喚我的名字，企圖把我從虛無的狀態呼喚回現實。我問她我是動了什麼手術？我的聲音從遙遠的地方緩慢飄回來。過了半分鐘，才有人回答我：「你動什麼手術要問你的主治醫師。」

那段在深深的睡眠中消失的時間、錯過的人生，在我先生的敘述中補足。

廣播呼喚家屬，手術進行一個多小時後，C醫師走出手術房來說明。看到C醫師展示那盛放切除器官的冰冷器皿，我先生忍不住問：「這麼嚴重了，怎麼事先的 CT 影像都看不出來？」C醫生沒有回答這個問題，他現在有更重要的事要做，只對我先生說：「不要慌，不要難過，一步一步來。」何況事後病理報告出來，確診是輸卵管癌，由於輸卵管癌是如此地罕見，很多婦產科醫師一輩子也看不到一個病例。因為病例稀少，發生率與盛行率的統計也不易進行，所以臨床上術前診斷相當不容易。根據網路資料，在大醫院現有的案例中，只有很少數在術前有懷疑是輸卵管癌，其餘則術前皆大多診斷為子宮旁附屬器腫瘤，或子宮肌瘤。現在迅速普及的超音波檢查，雖然解像力日益精進，由於輸卵管與卵巢位置相近，致使超音波檢查不容易區分。加上卵巢腫瘤病變的發生率又遠高於輸卵管，所以一般術前超音波的診斷，大多只能描述為子宮旁附屬器腫瘤，且多傾向是卵巢的病變。如同我確診有未明示狀態腫瘤到手術之間一個多月，各種檢查都沒有呈現出和輸卵管有關。

如果事先判斷是如此惡性，就會選擇直接開腹，不必浪費一次腹腔鏡手術，但是誰能事先準確判斷呢？若能，那只有神了，而現在是神不在的地方。

06

基因密碼

母親嫁給父親後，不停地勞累、不間斷地生育，她一生能歡笑的日子極其有限吧，甚至她仔細看看女兒們的容顏的時刻都十分有限。然後她留下七個女兒，卻至少有四個承繼了基因密碼，在五十多歲時發病甚至死亡。這種基因密碼真的躲不過嗎？

自從妹妹卵巢癌確診，我就一直糾結著我們從母親身上得到的這個身體的意義。母親二十歲嫁給父親，花了十四年每兩年生一個女兒，然後在生下最小妹妹時發現得了子宮頸癌，拖了十年病逝，得年四十四歲。我自己的人生觀如何建立起很難追溯，至少教科書裡頭說了，生命的意義在創造宇宙繼起的生命，創造生命的價值才是有意義的人生，用這個標準看，我母親的人生意義何在？嫁給父親後，不停地勞累、不間斷地生育，她一生能歡笑的日子極其有限吧，甚至她仔細看看女兒們容顏的時刻都十分有限。然後她留下七個女兒，卻至少有四個承繼了基因密碼，在五十多歲時發病甚至死亡。我糾結這個，是要怨母親嗎？不是的，我知道母親也無從選擇，她的身體以及她孕育的女兒的身體，都不是她能選擇的。我只是發問，這種基因密碼真的躲不過嗎？

二姊得乳癌時，我以為是偶然，她原本乳房有個鈣化點，應該半年追蹤一次，但她不以為意，過了兩年後，發現時已是乳癌二期。乳癌是臺灣女性發生率很高的癌症，但預後和存活率也很高。二姊在中部的大醫院治療，一開始成效不錯，但我記得，開刀前醫生問乳房是全部切除還是只切除必要的，姊夫回答，如果能保留當然最好。葛文德《一位外科醫師的修煉》書中也有同樣的例子，故事是為了佐證病人是可以作決定的。瓊斯小姐才二十一歲就發現有一側乳房出現惡性腫瘤，當時和現在一樣可以有兩個選擇，一個是全切除另一個是部分切除，存活率兩者都差不多，只是部分切除的話腫瘤可能會再復發，最後還是要再做全切除術。手術前一晚，醫師破天荒詢問瓊斯小姐的意見，把所有選擇告訴她，讓她自己決定，瓊斯小姐選擇了部分切除這種保留乳房的手術。

二姊做了和瓊斯小姐一樣的選擇，但命運卻不同。二姊第一次手術後兩年多，殘乳上又發現惡性腫瘤，當時原來的主治大夫正要離開大醫院，擬由他的學生接手二姊的後續治療，但二姊聽從姊夫家人的意見，轉到另一家地區醫院，開刀切除病變的殘乳。繼續治療兩年不到，轉移到肺，當她因咳嗽、腹痛回診時，醫生並沒有看出不對勁，直到二姊以為是感冒就近在家附近的醫院看病，醫生覺得不妙，要她快回原來的醫院治療。再次住院，病情急轉直下，我們去探望她時，已經不認得人了，外甥女哭著說，媽媽連銀行密碼都沒交代。一星期後過世，往好處想，比起其他癌末患者，二姊算是走得痛快。

四姊有子宮肌瘤問題一段時間了，似乎大家都說，更年期後就會好轉不必處理，但她因出血量大以及壓迫到神經讓她舉步維艱，於是決定去開刀拿出肌瘤甚至切除子宮。那個元旦假期，大姊和四姊北上度假，我們去坐貓纜，然後順著纜車站到大街找地方喝茶，當時我就覺得四姊體力很差，走沒幾步路就氣喘吁吁。她在動切除子宮手術後不到一週，接獲醫院來電，說是檢體發現有癌細胞，於是又入院動第二次手術。自此兩年多的時間都在治療，然後痛苦地撒手。

此時我仍覺得是偶然，生命中充滿偶然，我對人體奧祕以及基因、癌症等都沒有足夠認識。直到小妹因為腸胃不適確診卵巢癌，我才驚覺這是上天的死亡預告，一次，一次，又一次，你怎麼還是沒知覺呢？

周遭罹癌的友人告訴我，他相信有癌症人格，善隱忍、常替旁人著想、總想求全，有這樣性格的人比較容易罹癌。兩位姊姊或有類似情狀，生活多波折，壓力大，符合癌症人格的說法，但小妹性情樂觀天真開朗，家庭、工作都順遂無憂，感覺不像有癌症人格。本以為是吃到壞東西，掛了腸胃科，醫生安排照胃鏡、腸鏡都沒問題，開了消脹氣的藥，但症狀似乎沒有緩解，又去看熟識的肝膽胃腸科醫生，有經驗的醫生要她加掛婦產科，據說是婦癌專家的醫生觸診之後竟然也說沒問題。各科繞一圈、大半個月過去了，之後，終於在卵巢癌權威醫師手上確診，兩週後開刀，接續進行化療。

說真的，五年內兩位姊姊相繼病歿，卻不如小妹生病帶給我的震撼，一則她還年輕，二則身體一向強健，小病痛都很少，不像四姊是老病號，開刀住院多次。這樣健健康康的人居然一下子就被宣判晚期癌症。為了小妹的病，我閱讀許多資料，百般尋求解釋，我比病人本身更需要一個答案。小妹的主治醫師要她做基因檢測，一方面是後續能精準治療，一方面是她還有許多姊妹啊，如果檢測出帶有變異的基因，就得密切注意。

小妹的基因檢測還在進行，而我被指定的人生課題卻已經開始。

術後一星期，C醫師巡房時，告訴我，我的基因檢測有驗出 BRCA1，安排我去看研究基因醫療的L醫師。如果願意，可以加入研究計畫，嘉惠後人，對我的後續治療，也可以更加精準。

目前的醫學研究已知，大多數癌症為隨機的基因突變發生，但是有一部分族群病患，大約百分之十，是因為帶有生殖系遺傳基因缺陷導致癌症發生。最為人熟知的就是遺傳性乳癌與卵巢癌症候群，造成這個症候群最重要的兩個基因是 BRCA1 與 BRCA2。BRCA1 與 BRCA2 是一九九四與一九九七年在美國被研究發現，這兩個基因是屬於抑癌基因，負責雙股 DNA 損壞的修復機轉，經由此修復機轉，雙股 DNA 可以正確無誤的修復。因此，若這兩個基因其中之一發生缺陷，則雙股 DNA 受到攻擊斷裂後，無法正確修復；當細胞內 DNA 壞損累積到一定程度，細胞就會發生癌變。

所謂的 BRCA1 與 BRCA2 帶因者，定義是生殖系帶有 BRCA1 或是 BRCA2 的基因突變單一等位基因，當人體在生長過程中，因環境或是其他因素，另一個等位基因上的 BRCA1 或是 BRCA2 發生變異時，使 BRCA1 或是 BRCA2 完全喪失，此時，容易發生乳癌、卵巢癌、胰臟癌與攝護腺癌等。

因此，遺傳學家定義 BRCA1 與 BRCA2 帶因者為顯性遺傳，癌發的機率亦隨著年紀上升而累積；帶有 BRCA 突變者，其乳癌等的發生年紀較一般病人早（二十到三十歲即開始乳癌風險），終其一生發生乳癌的機率約達到百分之四十到八十七（估計至七十歲），卵巢癌的機率約達到百分之十六到六十（估計至七十歲）。這兩個基因中，BRCA1又比BRCA2對乳癌有較重要的影響（以上資料來源為臺灣癌症基金會）。

L醫師的研究希望能收集帶有BRCA癌症基因家族的案例，目前已經累積有一百八十多例，美國的研究已經有一萬多例，L醫師的研究也著力於臺灣的環境對癌症的影響。

L醫師說到一個重點，BRCA1是父系遺傳，但在男性發病的機率只有百分之一。意思是若我兒子帶有此基因又生育女兒，才需注意這個問題。這部分的研究還在進行中，也有尚未確認的研究結果，至少我可以同意，我以為我的病來自母親給我的這個身體，是錯怪母親了。

另一個重點，因為我得乳癌的機率很高，依照網路資訊，高達百分之八十，但L醫師的說法，這個統計並未精密分類，有些病例是早發型，而我的家族是屬於晚發型，加上目前又已發病卵巢癌，再得乳癌的機率會下降，大約是百分之四十，所以他建議我每半年做一次超音波，半年再做一次乳房攝影，如此就算再發乳癌，也可以在零期或一期時就發現，早期治療。

看過L醫師的門診之後，又抽了血做DNA基因定序，再次門診時，L醫師拿出圖表解釋，果然在我的DNA找到BRCA1致病性基因變異位點，此基因變異顯示病人為遺傳性乳癌與卵巢癌症候群，建議病人與家屬接受遺傳諮詢，並與專科醫師討論後續追蹤治療。

對於做基因檢測而測出有BRCA基因變異的人，那麼該如何面對呢？以知名的明星安潔莉娜裘莉的例子，她在一九九四年五月投書美國《紐約時報》，發表一篇名為〈我的醫療選擇〉（My Medical Choice）的公開信，文中披露她因為帶有「有缺陷」BRCA1基因，所以她已進行雙乳切除手術以預防乳癌發生，接下來她也計畫進一步接受預防性的卵巢加輸卵管切除手術以減少卵巢癌的發生。裘莉切除雙乳手術的主要的原因是她的家族帶有BRCA1基因異常，她的母親四十六歲罹患乳癌，五十六歲過世，而她的阿姨也死於乳癌，享年六十一歲。因為明星的高知名度，這件事廣泛引起世人關注，安潔莉娜裘莉並在電視宣導相關乳癌基因的檢測及預防醫學的重要。

一般而言，BRCA基因帶原者，都是在女性比較年輕時引發乳癌，而BRCA1基因突變會有兩倍增加骨盆腔漿液性癌的風險，包括卵巢癌。實施雙側輸卵管及卵巢切除術不但可以預防骨盆腔漿液性癌的發生，而且可以減低女性荷爾蒙分泌，減少乳腺細胞暴露在荷爾蒙的風險。又，乳房的檢查比卵巢的檢查更容易，得以早期診斷癌症，譬如乳房攝影或超音波檢查等，而卵巢癌目前沒有很好的診斷工具或生物標記來篩檢。

因此L醫師說，若基因檢測出帶有BRCA基因，根據研究，四十歲時預防性卵巢切除可使BRCA1帶因者增加百分之十五絕對存活率；四十歲時預防性雙側乳房切除可使BRCA2帶因者增加百分之七絕對存活率。知道自己是否為高危險群，定期篩檢，保持良好生活作息，便可以輕鬆防癌，遠離乳癌的健康威脅。

別說四十歲，就算五十歲時有此發現，我是不是能當機立斷決定切除可能癌變的器官？或許，我從未仔細傾聽身體的聲音，從未謙卑地與身體對話，那麼，當被指定的人生課題出現時，也只有接受。

07 今天暫時停止

我居然需要一雙襪子？我是怕熱甚於怕冷的體質，一年到頭很少穿襪子，最常用來解釋穿襪子的理由是為了禮貌，這次會在整理住院行李時放進一雙襪子，也是拗不過好友的叮嚀。就從穿上襪子開始，此身已然成了彼身。

我並非不擅長等待的人，旅行時帶著一本想讀的書，漫長的候機時刻也甘之如飴。但因為始終很忙碌，所以時間管理是必要的，儘量減少瑣碎時間的浪費。然而從進入大醫院開始門診那一刻起，我的人生就進入了一種等、等、等的新狀態。時間明明很珍貴，因為不知道還有多少，也許很多也許很少，但眼下的時間卻又分明不值錢。只能坐或站在候診室，盯著凝固不動的看診燈號，而時間一分一秒流逝。

等待時可以做的事：聊天？說幾句話可以，太長的談話會成為吵嚷，所以聊天不適合，何況大部分等待看診的其實是一個人；滑手機，是的，大部分人做這件事，可是對我來說，滑個十分鐘、半小時可以，兩個小時、三個小時呢，那就太累了；閱讀，得有一本內容、字體大小、厚薄都適當的書籍……我是個嗜字獸，只要有字就可以閱讀，連一大張門診時刻表都讀得津津有味，上頭只有科別、醫師名、日期、時間、診間號碼等，我可以讀出這般趣味：醫生姓什麼最多？哪一科女醫師最多？這科多少人那科多少人？一星期中哪一天最多診數……可惜這個有趣的活動只能應付一次看診。

數字對每個人的人生順序和重要性都不一樣，有的人和數字的連結是金錢，所以數字也是數量；有的人認為數字是順序，老大老二老三等等；數字有密碼，數字諧音更和文字發生關係，譬如四與死……但數字對我來說，最重要的意義是時間，或說是年齡、歲月。

童年時我渴望長大，在一個貧窮的家庭，年幼的弱勢更加明顯，只有成為大人才能做自己想做的事，因此八歲的我渴望十八歲，這中間十年、一百二十個月、三千六百五十天、四萬三千八百小時，這是一條長長的時間之河，如果可以一下子跨過去，那該多好？國中畢業我選擇到臺北讀師專，讓我期盼獨立自主的夢想提早了幾年。師專畢業白天在小學教書，下班後到臺大讀夜間部，加上年輕愛玩，又談戀愛，分分秒秒都沒有虛耗。

大學還沒畢業，本來想考研究所，為了更有把握考上，還到日間部旁聽應考的專業課程，這段白天教書晚上讀書夜行的日子寫在〈夜行人〉一文，那是應柯慶明老師主編《臺大八十年》一書的邀稿，我很感謝柯老師編這一本書，讓我能為那段難忘的日子留下了文字。

〈夜行人〉

朋友的孩子考上私立大學，正為高昂學費發愁的他，聽到我說：「何不讀夜間部呢？白天可以打工，自己掙錢付學費。」他反問：「現在還有夜間部嗎？」我想起另一件事，做為大考中心臨時閱卷場的新生大樓，教室門口貼著「本大樓目前沒有夜間上課的課程，夜間請勿進入」，於是我上網求證，臺大進修推廣部的歷史沿革上寫著「進修推廣部前身即臺灣大學夜間部，民國四十九年經教育部核准成立，首先開辦外國語文、法律、商學、農業推廣四學系對外招生，五十年增設數學、經濟兩系。五十六年改制，僅設外文、法律、商學三學系，並參加當年度北區夜大聯合招生考試，民國六十年後陸續辦中文、歷史二學系，民國七十六年國內社會與政經環境逐漸轉型，國際事務交流日趨廣泛，人才培育、知識推展乃國家發展不可或缺之一環，臺大素有豐厚的人文及學術資源，為因應時代需要，遂辦理『推廣教育中心』，俾學術與社會需求相結合，讓社會人士在離開學校後能藉此學習管道，直接短期內獲得所需的專業技能，受頒學分證明。政府為推動國人終身學習，鼓勵在職進修，民國八十六年臺灣大學夜間部亦積極轉型，並於八十八年與『建教合作及推廣教育中心之一部（推廣教育中心）』，合併成立進修推廣部」。

所以，我所理解的，學制和日間部一樣只是上課時間是晚上的「夜間部」已經不存在了呢，至少，廿五年（一九八二年）前，我所就讀的臺大中文系夜間部已經走進歷史了。如果當年的我處在此刻當下，我也許仍然會寫作，不過我想那麼我就不會讀大學，不會進臺大，不會認識讀獸醫系的另一半從而共組家庭，不會離開小學教師的工作……我的人生會走上另一條路。

人生的發展不一定有跡可循，但對我來說總和文字有關。寫作是如此，繼續讀大學也是如此。

我曾經錯過一次讀大學的機會，國中畢業時，在師專和女中兩個第一志願之間選擇師專。這樣的安排有命定，也有機緣，我記得大我四歲的姐姐在那個當口，曾執意要讀女中，因為上大學是她的夢想，當時一向是嚴父形象的父親低聲下氣求姐姐，那副場景相當程度震撼了我，讀完全公費的師專，畢業後就有一份穩定的工作，等於國中畢業你就獨立了，這是多麼好的一條路啊！可是我看見姐姐流著眼淚，看著父親鬱結著一張愁苦的臉，我不希望這樣的場景再度上演，我讓所有人早早知道，讀師專、當老師是我唯一的志願，這就是命定吧。而機緣則是，我順利考上師專，那一屆國中女生，成績比我好的還有幾個，也都報考師專，結果只有我一個人考上，說不定這機緣也是命定。

師專臨畢業前，我們那一屆的畢業生流行考夜間部繼續學業，我也跟著去考，對於插班考一無所知的我，為了有校可念，還報考了三所大學，當時我有一個臺北工專和我同屆的男友，我告訴他我要去考插大，當時他很慎重地告訴我，「別去讀臺大，臺大人都很驕傲」，弦外之音是，如果我考上臺大，而且選擇去就讀，那麼我們只好分手了，當時我心想，這是什麼道理啊。結果我居然三所插大都考上，而且每一所都名列前茅，不只是我的同學，我自己也嚇了一跳。師專五年，同學都是各個國中來的頂尖好手，尤其我從鄉下來到一個新的大城市，多的是和小鎮不一樣的事物，我的力氣都花在課外讀物及品味人生上頭，學校課業成績並不出色，三所大學都考上，難道是插班考這麼容易嗎？可也有許多同學沒考上啊，後來我只能找出一個理由，因為我和文字的相親相近，即使那是我並不習慣的考試方式，卻仍然可以靠著我對文字的理解得到高分。

我當然選擇讀臺大，那是第一學府啊，「當然」也和男友分手了，我忘了分手的過程如何，不過心中的悵然「當然」也在的。

於是民國七十二年九月，我就開始了白天在小學教書，當一個新鮮人老師，夜間去臺大上課，當一個大學新鮮人。班上除了插班生外，同學都已相處一年了，而十位插班生幾乎都是在職小學老師，因為生活型態的關係，很自然地，插班生就自成一個小圈子。同學四年之後，一般生和我相熟的屈指可數。

記得第一天上課，我從南港搭往來臺北基隆的客運車，從南港路走基隆路到公館站下車，路程很長，基隆路又是有名的擁擠街道，小學放學得早，原本時間還算充裕，卻因為車子晃啊晃，晃了快兩個小時，從陽光還有餘威的午後，坐到華燈初上才抵達。臺大校園比我想像得大，我從校門口的指示圖往椰林大道走，沿路問人，可是校園有點冷清，可問的人不多，東繞西繞，走了快一個小時才找到新生大樓，找到我要上課的教室，那一堂課，因為我是補修一年級的必修課，也沒有人告訴我，一年級新生因為男生上成功嶺受軍訓，要到十月初才正式上課。

或許這就是校園裡學生並不多的原因之一，也或許那時候的臺大人本就沒有現在這麼多吧。廿多年後，我在臺大校園一天到晚迷路，是校園變大了嗎，是我尋路的本事變差了嗎，是我對白天的臺大不夠熟悉嗎？都可能，但我想最重要的原因是，臺大校園變了，變得和我腦中的地圖不一樣，我在基隆路下車後，是走舟山路經僑光堂從側門進校園的，現在舟山路是校園的一部分，而僑光堂化身鹿鳴堂，成為綜合食堂；以前的振興草坪現在是圖書館的龐大建築，新生大樓往辛亥路方向蓋起了許多新大樓，不久前報載洞洞館要拆了……這麼說來，我怎麼可能不迷路呢？

二上，我的第一學期結束，學期成績我居然是班上第一名，我又嚇了一跳，怎麼可能，在師專五年我從未拿過第一名，專四、專五分組上課，我選擇語文組，專業科目都是我擅長的語文，即使如此，仍然不曾拿過第一名。開學不久，我收到一張通知，到系主任辦公室領獎，當時的系主任葉慶炳老師，很親切地招呼我們，不知為什麼，從葉老師手中拿過書卷獎的獎狀和獎金時，我竟然眼眶微濕，或許是覺得求學至今，終於是為自己讀書，不再是為了聯考，或是為了一份安定的工作，做自己專長、開心的事，就已經是很大的報償了，居然還有老師的諄諄慰勉，還有獎金獎狀的鼓勵！

到了四年級，班上成績好的同學都開始準備考研究所，我也跟著做，因為夜間部的師資和日間部不盡相同，想要更有把握考上的人，都會去旁聽日間部課程。而我為了能有時間去日間部旁聽，爭取不帶班級，擔任科任，然後每週有二天先到小學報到，再趁著沒課的空檔搭公車從南港到臺大旁聽文字學和訓詁學，那是上午十點的課，而且又是十分枯燥的課程，我在兩堂課中幾乎有一整堂課是在打瞌睡，掙扎著到了下課，又搭公車趕回南港當小學老師，如此堅持旁聽完一整學期的課。

我其實並不確定自己真的想繼續研讀中國文學，只是看起來繼續讀研究所是可能的事，不過準備了一年，升上五年級，我居然放棄了，只因為，我在大四那年，得了全國學生文學獎小説首獎，希代出版社找上我，為我出了第一本書《也是閒愁》，而且他們還等著出我的第二本書，於是，我放下準備多時的課業，專心寫小説。畢業那一年，我出版了我自己的第二本書《閒愛孤雲》，我和文字的接觸又由古典文學轉回說自己的故事。

我和讀獸醫系的他相識於大二時班上的聯誼舞會，相識後我們不常在校園約會，倒是他常到我南港的學校等我下課，和我的同事和室友打成一片，於是我們平淡而和順地從大二一起走到畢業。

記得畢業典禮那天，按照我的個性，應該是不會出席畢業典禮，但是男友的家人都特地從寶島南方北上來參加，他們家族裡第一位臺大畢業生，當然是舉家同慶，我也只好跟著穿上學士服，陪著一起拍照。那時他父母還住在一起，即使已有不合，也維持著表面的和諧，於是在傅園的亭子裡，他弟弟為我們拍了一張照片，照片裡一家四口，兩個戀人喜氣洋洋地笑著，彷彿是得到父母的首肯，脫下學士服，就即將披上婚衫，走向地毯的那一端。沒想到，這是最後一次一家和樂。

畢業以後，結婚生子，轉換工作跑道，在南臺北買了房子，由於離臺大校園不算遠，反而常常全家來臺大郊遊。天色晴好的午後，在傅園的園林附近，我帶了書，就坐在階梯上閱讀，先生帶著孩子尋找躲在樹叢裡的松鼠，婆婆在傅園裡散步活動筋骨，除了一個缺席的公公角色，依然是一家和樂融融。

偶爾我又走在椰林大道時，總會想起夜晚的椰林大道，想起自己在椰影幢幢的夜色中看了無數個月亮，也會想起小說家鄭清文〈校園的椰子樹〉，那位身體殘障的女老師，拖著一高一低的腳步，踽踽地走在校園的身影，「差不多每天，我都要從校園裡經過，我都要看到這些整整齊齊並排在大路兩邊的椰子樹。強風吹颳它們，暴雨淋打它們。它們受盡了挫折，它們知道如何忍受，有時它們甚至從敵人攝取滋養……」，鄭清文小說中的女主角，校園的椰子樹給了她生存的力量，而椰子樹之於我，卻是一段美好的青春記憶。

椰子樹之於我，是一段美好的青春記憶，尤其是夜間的椰子樹。回想夜間走在椰林大道的日子，年輕、自由，對未來有無限想像，這些整整齊齊並排在大路兩邊的椰子樹始終安靜立於一旁，「強風吹颳它們，暴雨淋打它們」，它們不會知道這些年輕的或年長的生命在思考些什麼，未來等在前頭，我，我們，從那時一路走到現在。

回到卡住的話題。

一九九三年的喜劇電影《今天暫時停止》（Groundhog day），氣象播報員菲爾連續第四年被指派去採訪一年一度的土撥鼠日，這項出差活動對他來說像是例行公事，毫無熱情。採訪結束之後因為大雪而被困在這小鎮中，所以團隊決定在這裡多停留一日，但沒想到隔天菲爾醒來，便發現居然又重複度過了二月二日土撥鼠日這一天，而且是日復一日地重複這一天，究竟菲爾該如何做才能結束這場噩夢呢？

較新的一部大陸連續劇《開端》套用了同樣的關鍵情節，講述遊戲架構師肖鶴雲和女大學生李詩情在遭遇公車爆炸的交通事故後「死而復生」、陷入時間不斷循環之旅、在公車的密閉空間自救、努力阻止爆炸、尋找出製造這一切的幕後凶手然後結束循環的故事，在這部戲裡解決循環的關鍵是時間。

《星際效應》裡的庫克參與拉薩路任務，在浩瀚星海中為人類尋求更好的居處，任務最後庫柏來到黑洞，困在五度空間，感官依舊發揮作用，看得見聽得見可以說話，只是周遭一片混沌，沒有時間、空間感。

菲爾、李詩情或者庫克的處境，就是這段期間我的生活寫照，像在作夢，一直在夢中想著這是夢、我在作夢，會醒來的。即使是夜行椰林大道，腳踏實地、晚風拂面、椰子樹輕輕搖曳，身體的疲累也是真實的，卻清清楚楚明白自己在夢境裡。夢與身體的感覺哪一個更真實呢？

我上醫院的次數並不算多，除了懷孕時產檢，以及偶有感冒、胃痛等小小不適，經常就在家或公司附近診所拿藥，五分鐘到十五分鐘可以解決，一直以來的忙碌，時間很珍貴，讓看病花個十幾分鐘都覺得奢侈。自從進到大醫院看診，就開始了我的卡住人生，每次門診都得花四、五個小時。為什麼這麼費時呢？除了對新環境陌生，無法掌握之外，主要是生重病這件大事，讓生活中的其餘部分都成了細枝末節，星期四下午三診五十八號，這一天只有這件事最重要，所以兩點就到了醫院，反正在家裡也是等，然後看診結束大約六點，以此類推，等待成了常態。

開刀日那天，我在恢復室醒來，身體軟綿綿的四肢無法驅使，其餘感官卻因此更加敏銳，我知道自己剛經歷一場劫難，但至少活回來了，接下來只需要思考如何繼續活下去。

身邊護理師輕輕呼喚我的名字，要將我從放任自己神遊的狀態喚回現實，我不想，我希望自己可以待在夢裡，因為醒過來以後要面對的生活太艱難。但是護理師們不讓這種情況繼續，終究把我喚醒，被派遣人員移送回到了病房。

術後病人回到病房對護理師是件大事，即使已經身經百戰訓練有素仍能感覺她們的些微緊張。接著先看到我先生那張驚懼不安的臉，這時已是午後四點，對我來說感覺只是睡一場覺，而那可憐的陪病者已經被折磨了十幾個小時。躺回自己的病床，只覺得冷，無邊無際的冷，我請先生幫我穿襪子。

我居然需要一雙襪子？我是怕熱甚於怕冷的體質，一年到頭很少穿襪子，最常用來解釋穿襪子的理由是為了禮貌，這次會在整理住院行李時放進一雙襪子，也是拗不過好友的叮嚀。就從穿上襪子開始，此身已然成了彼身。

小夜班的護理師量過血壓、體溫、血氧之後，準備告訴我術後護理，她希望陪病者在場一起聆聽，我說我先生應該在走道講電話，她出病房張望了一下，沒看見正在講電話的人，於是放棄了，臉色凝重地正視著我。這位有點年紀的護理師，不像其他年輕護理師對著我阿姨阿姨地叫，她總是稱呼我「林女士」。那望著我的表情讓我聯想起，日劇中初次見面的兩人，正準備交換名片或自我介紹。「初次見面，但不必多多指教」，我心頭居然冒出這樣的想法。

護理師說：「不要哭不要難過，哭鬧只會讓自己傷口更痛。」這開場白十分奇特，她怎麼就覺得我會哭鬧呢？一定是看了我的病歷，加上她的護理經驗，遇到這麼大的打擊通常會讓人呼天搶地的。我見過呼天搶地型的病人，那三十歲就罹患胰臟癌不只是痛且知道生命即將結束的不甘，讓她一看見人就抓起身邊的物品砸過去。其實我沒有情緒，不只不會哭鬧，連悲傷、低落的感覺都沒有，我是麻木不仁嗎？不是，我只是覺得這是夢境，雖然偶爾也會在夢中流淚，但大部分是醒來才覺得悲傷，所以，只要我仍在夢中，就不會有情緒。

即使這位護理師做的是例行公事，我仍然很感動，她教我如何呼吸減緩傷口的疼痛，還告訴我晚上睡覺時把腳墊高，因為腳是離心臟最遠的地方，要讓它循環順暢避免發生栓塞。接著知道因為手術接下來我得斷食幾天，她細心告訴我覺得口渴時要怎麼處理。在她是本分，在我卻像即將溺水的人拿到一個浮板可以扶著慢慢依靠上岸。

以前誰跟我說為了健康參加斷食營，或是什麼一六八斷食法來減重，我都敬謝不敏，雖說不上是美食家，但也十分熱愛用餐進食，現在卻滴水粒米不能進？斷食七天想起來很可怕，實行起來倒也沒那麼難。自控式止痛幫浦似乎也不太需要，記得以前看到這個東西，覺得十分神奇，手指按壓一下，就不會痛了，簡直就是仙女的棒子一揮才做得到的事，現在自己身上有一個，常常是因為想到花了錢要回本的意思，象徵性按兩下，有按沒按感覺並不明顯，過兩天麻醉科就來收回讓我自己控制疼痛的權利。

隨著護理師一日三班，不同的護理師輪流來量血壓、不同的住院醫師天天來換藥，日子一天天過，終於，C醫師說我隔天可以喝少量水，接著吃米湯、五分粥、全粥，然後是低渣飲食。

現在沒人喝米湯，但是米湯在營養學上是非常重要的存在。世界上的食物很多種，米湯是人體腸胃最容易吸收、最容易消化、最容易獲得營養、排名第一的食物。我的腸胃休息七天，和那已經空置許久的腸胃第一接觸的就是一口米湯。我查了一下資料，米湯含低分子的碳水化合物，有微量的蛋白質、維生素，又含有許多水分，能補充身體所需。如果用糙米、紫米或野米，煮出的米湯，富含維生素B，與礦物質鈣、磷、鐵等，比精白米煮成的米湯，更具營養價值。我吃的米湯應該是白米煮成的，雖然只比白水多一點點味道，但對久未進食的我，已是滿漢大餐。隔天，我的母親節大餐就是五分粥大餐。

C醫師叮囑我要多多走路，讓體力慢慢恢復，每天的目標是繞整層病房走二十圈，雖說一圈才兩百公尺，但對拖著點滴架，身上還有引流管的我，也不是太輕鬆的任務。走著走著倒也漸漸習慣，通常是我先生扶著點滴架，我扶著他的手，一步一步向前走，有時閒話著家常，有時沉默不語在心上細細數著步伐，默默想著這許多病房內的患者，不管是一位、兩位或三位，每一位患者都有屬於她的人生故事。走著走著，也會有迎面而來的患者，一樣推著點滴架，一樣身上帶著引流管，陪病者可能是姊妹，婆母，更多的是如我們般的伴侶。無論曾經攜手走過多少人生路，這段繞著病房走道行走的記憶，必然是最最深刻而難忘的。

要進來住院時，預期是住院五天到七天，沒想到超過兩個星期還無法出院，我的主治C醫師是屬於寡言型的，很少說多餘的話，病理報告出來時，他告訴我們癌症的性質與期別，然後就說接下來先安排裝人工血管，以便做六次輔助性化學療法。

裝人工血管也是個小手術，局部麻醉後在鎖骨附近皮膚上做一個切口，放進導管後再縫合。當病人需要長期接受藥物或點滴注射，裝置人工血管可以減少忍受「被打針」的痛苦，加上若要長期做化療，常打針的血管會變硬，施打時若不慎也可能造成化學藥品的滲漏，使局部血管和周邊血管壞死。看來對要化療的患者來說，裝人工血管是必要的選擇。但這些資訊是裝好後護理師給我的手冊上的內容，在要去動這個小手術時，我是一無所知。

裝人工血管的手術房在另一棟大樓，護理師安排移送人員十點多來移送，這也是手術後我第一次離開婦科病房。我躺在推床上，推床出了電梯行動飛快，我請推車的人慢點、慢點，我害怕。我是真的害怕，我去遊樂場一向不敢坐過山車、自由落體、搖搖船等會讓器官感覺位移的遊樂器，而現在我正躺在雲霄飛車上。

推車的工人安撫我，別擔心，不會有事的。推床在人群中飛快行進，移送人員不停喊著：「請讓讓，有病床要過，謝謝。」「借過一下，小心小心。」進電梯出電梯，長長的走道，又進電梯出電梯，又是長長的走道。在移送人員來推小床到另一棟大樓這一段路走了多久？若在遊樂場又可以坐幾次雲霄飛車？

十八分鐘後抵達手術房外，躺著的我視線是向上的，搞不清楚這是幾樓，移送人員找到護理人員簽收就把我留置在走廊，是的，我現在就是一件快遞物品，被排進運送物流裡，送到了就像一株安靜的植物靜靜等待。

幸好安靜的植物也可以思考，我想起真正在坐雲霄飛車的當下我在想什麼？雖然不喜歡但也坐過幾次，如今回想，一片空白，那當下我一定是在努力求生吧，腦海裡充塞著這飛車如果脫韁怎麼辦呢？我要緊緊擁抱身旁的人這位親密家人直到地老天荒？然後思緒飛快，飛車也飛快，等到停下來時才發現一切如故，世界正常運轉。我不喜歡坐這樣的遊樂器，除了受不了臟器分離的感覺，也是不樂意這十幾分鐘就平白逝去了，喜歡坐的人是享受那種飛馳的快感，而我只覺得徒然，偏偏方才我又久違地坐了一次。

卡在時間的縫隙裡，十二點才輪到我動手術，結束後又在走廊等移送人員等了兩個小時，繼續坐雲霄飛車回病房。

《今天暫時停止》的主角如何結束循環噩夢，重回正常生活，應該是主角領悟了生活的價值，於是編劇（導演）按下行動鍵，讓他可以向前行；《開端》的兩位主角困在公車爆炸，一群人一再死去的循環中，直到找出幕後主使者，勸說他們放棄引爆炸彈，解決案件而兩位主角才能不再繼續搭公車……那麼，我呢，這卡住的現象何時可以緩解？偶爾我突發奇想，若像《今天暫時停止》那樣，卡在那一天，一天一天又一天，試著過各種不同的生活，永遠不要向前走，至少不會看到結局，如此也是不錯的體驗。但是奇想只是奇想，未來總會到來。

小兒子請假接我們回家，一進家門，小狗比比走過來，親近我，在我身上聞了又聞，我身上有藥味，軀體裡少了一些器官，聞得出來嗎？比比也瘦了，原本天天有人陪著玩耍、刷毛、吃點心，不預期這隻狗也單獨過了十六天，只有早晚的一碗飼料餵食，沒有晨間散步運動，沒有睡前擁抱道晚安，沒有做小把戲以換取肉乾、潔牙骨等零食，只有白天夜晚一隻狗孤零零地開始與結束。我以前擔心比比離開時我會很傷心，現在我有可能早比比一步離開，想到這一點，眼淚不由自主流下來了。這是罹病以來，我第一次流淚。

眼淚的聲音，靈敏的黃金獵犬比比聽見了，眨巴著水靈靈的眼睛直愣愣望著我，似乎在告訴我，不要傷心，我在這裡。

啊，原來比比就是密碼，解開了卡住人生，此刻開始，不必再困在醫院裡，可以繼續向前行。

08

我必須自己克服

化療副作用之一——手指、腳趾僵硬麻木。我的指爪外表看來無異狀，但我感覺像是指與指，趾與趾之間長出皮膜，於是指趾都糾連在一起，伸展不開。我舉起手，張開五指，想像那呈V字形的指與指之間長出薄膜，於是指掌形成一張可以飛翔的網，但是，那張網也如灌了水泥的標本一樣，厚重僵硬如巨石。

化學治療（chemotherapy）在醫學上最早出現在十九世紀末，有位學者Paul Ehrlich觀察到微生物體內有某些特定組織染色的凝集，而合理地指出如果能夠發現某些物質對細菌有毒性，這種特異性可以應用到臨床上的治療。之後也幸運地發現盤尼西林（Penicilline）開啟了人類「抗生素時代」。直到一九四〇年代，第一次有治療癌症的藥物發現後，化學治療在治療癌症上，扮演相當重要的角色。依據研究及臨床實施成果，目前有效的化學治療藥物，不只可以延長生命，疾病也可能得到完全緩解及痊癒。

使用化學藥物去毀滅或控制癌細胞，可以單獨或合併其它治療方法（期望能殺死更多的癌細胞並避免抗藥性）。癌細胞與正常的細胞不同，癌細胞的生長及分裂速度較快，且容易發散到身體其他部位，化學藥物就是針對這種特性來殺死癌細胞，相同的對體內一些生長較快的正常細胞也易造成傷害，而引起一些副作用。

化學治療療程的長度和頻率是依照病症的種類、身體對藥物所產生的反應而定，通常以間隔三到四週的時間來施行，以容許正常組織（非癌細胞）在每次治療間隔，可以增生復原。化學藥物治療一次只能殺死部分的腫瘤細胞，但腫瘤細胞又會很快地生長出來，所以不待它們有喘息的時刻又再做一次治療，因此會有治療一段時間，休息一段時間的流程。

平常正常身體有部分組織也不斷地生長分裂，例如：頭髮、骨髓造骨細胞、指甲皮膚、生殖系統、腸胃內皮細胞、肝細胞……，當化學藥物在治療時，也會破壞到他們的分裂蛋白質，所以會有脫髮、血球數下降、指甲變化、噁心、嘔吐……的副作用產生。

化學治療的某些副作用，如：疲倦及脫髮，會在治療之前幾個星期出現，然後一直持續到結束；而其它的副作用，如：噁心、嘔吐則可能在治療後的數小時之內立即發生，但大多數副作用都將隨著化學治療停止而漸漸消失。雖然副作用令人不愉快，但別忘了這些抗癌藥物具有破壞癌細胞的效果。

上述這些內容是開始化學治療時，醫院給我的手冊上的記載。除非是早期癌症，只要是晚期婦癌，幾乎都要做化療，我做的是輔助性化學療法，意思是手術也許把癌細胞清除乾淨，但仍有可能有看不見的腫瘤未被消滅，此時化學療法就是要對癌細胞除惡務盡。

除了前述發現化學藥物成效的學者，我在網路上（https://kknews.cc/health/gkazae.html）看到一個關於化療起源的故事，現代腫瘤以化學治療起源於一九四〇年代，第二次世界大戰期間，發生了一次芥子氣（毒氣）洩漏事故，當時發現接觸者出現骨髓和淋巴系統增生低下的現象。受此啟發，於是在臨床應用氮芥治療惡性淋巴瘤，並獲得很好的成效，從此開創了化療世紀。所以，說化療藥物是「毒藥」，那是一點都沒錯。

當然每種癌症的化療藥物不同，承受的副作用痛苦也不同，一位藝術家得大腸癌，接受訪問時談到化療的痛苦：「每次化療要住院三天，打六種藥物，一開始打藥，就開始噁心想吐，做完化療出院的第一週是副作用最強的時候，每天拉肚子七、八次以上，拉到屁股都不敢去碰的那種痛。接下來的症狀是全身發癢，以及後腦勺冒出很多痘痘，一擠都是血水。而且因身體抵抗力極差，不但老毛病跑出來，新毛病也上門，痛風、關節痛、坐骨神經痛……各種痛全都來了。」

毛髮脫落、口腔黏膜潰瘍、噁心嘔吐或是便祕腹瀉，都有方法對應，唯有骨髓抑制造成免疫低下，以及對神經系統影響造成的神經痛很難緩解。

蘇珊・桑塔格的書中提到最早對癌症的描述把癌說成瘤、疙瘩或者腫塊，希臘語、拉丁語對 cencer 都有「蟹」的含義，靈感來自腫瘤暴露在外的腫大血管與蟹爪酷似。我上報導文學課程時，選了一篇翁台生〈痲瘋病院的世界〉，那些受痲瘋桿菌侵犯的肉體，是「手足收縮只剩一截肉樁，指趾蜷曲如爪」，做化學治療的經驗讓我把這些閱讀經驗連結起來。

化療副作用之一——手指、腳趾僵硬麻木。我的指爪外表看來無異狀，但我感覺像是指與指，趾與趾之間長出皮膜，於是指趾都糾連在一起，伸展不開。而指節與趾節之間的關節像被灌漿的水泥一般僵硬如柱。韓劇《非常律師禹英禑》裡患有自閉症的英禑，只要覺得緊張或精神緊繃手指就會不由自主扭動，我清楚那種手指舒展扭動的感覺，因為我原本也有這個習慣，第一次看到影集裡的英禑做出那動作時，我嚇一跳，有種被窺視了的既視感，轉念一想，這個肢體語言也不是我的專利，然後便想著，會不會其實我有自閉症呢？

就在寫作這段文字的這一刻，我舉起手，張開五指，想像那呈V字形的指與指之間長出薄膜，於是指掌形成一張可以飛翔的網，但是，可以飛翔是想像的，實情是飛不起來，因為那張網也如灌了水泥的標本一樣，厚重僵硬如巨石。

還有，身體有些你從來不會注意到的部位，這時會以痛覺主張它們的存在，譬如手臂，你天天看著它，它也忠實地履行它的功用，但在化療副作用中，前臂中的某一條肌肉會突然抽動，告訴你，我是橈肌、屈肌或伸肌，我在這裡。化療次數越多，肌肉神經不由自主抽動的現象就越明顯，於是闊筋膜張肌、腓腸肌、甚至比目魚肌這種只在漫畫中會出現的辭彙，都紛紛在你身體內跳起舞來。

大部分的癌症患者都會接受化學治療，因為這偶然發現的療法，成為主流醫學的一部分，雖然也有人覺得化療的療效和副作用不成比例，意思是承受這麼大的痛苦，換來的存活率不成比例，但在命運面前，一點點時間都是莫大奢侈，哪有什麼比例可以討價還價！

十幾年前我婆婆罹癌，發現時已是末期，醫師宣告只有半年可活，並建議我們尋求安寧治療，但婆婆仍然做了幾次化療，原因是可以縮小腫瘤讓她剩下的日子感覺舒服一些。更重要的是，有化療做，感覺是繼續治療而不是等死，這種想法安慰了患者，乃至患者家人。

住院期間，我先生結識另一位陪病者，那是在美國大使館工作的外籍先生，他太太罹患乳癌，發現時只有一期，開刀切除腫瘤後醫生說做不做化療可以選擇，既然可以不做那麼痛苦的治療，大部分人都會選擇不做吧。可惜沒幾年癌症復發，現在已經走到最終。他對我先生強烈建議，如果可能，一定要做化療。

我的主治C醫師並沒有交給我選擇，只在某一次巡房時解釋接下來的療程是六次化療，先裝人工血管，然後到底在這人工血管裡打進去什麼毒藥，怎麼打？住院醫師和護理師自然會告訴你。化療藥物定然毒性強大，裝著化療藥物的袋子有兩層，護理師在處理化療藥物時也都戴兩層手套，同時開始注射時需有另一位護理師覆核，以免失誤。醫療人員越是慎重，越讓人感受到化學藥物毒性之強。

近來研究發現，化療對大腦的思考能力即理性思維會造成影響，受到影響的大腦活動包括注意力、記憶力、理解力和推理能力，而且影響可能長達十年之久。這種因化療使理性思維受損的現象叫做「化療腦」或「化療霧」，學者的研究仍無法確定因果關係，也不能確定是哪些藥物導致以及如何避免。

所以，如果我總忘事，那不是我選擇記憶，而是化療惹的禍。這招對付我先生最有效，生活中的小「突搥」，一副無辜樣，不干我的事，一句「都是化療惹的禍」可以抵擋千軍萬馬。

反正也沒有人會計較。我比較在意的是，看推理劇或推理小說，再也猜不到結局了，是吧，我自小喜歡閱讀推理小說，也一直希望總有一天自己也能創作推理小說，而今尚未開始，卻快要被化療腦打敗了。

這一切，我只能自己克服。

09 人生是值得活的

理性的我告訴自己，為什麼不是你？難道你以為可以繞過命運的安排，早在父母的精子卵子結合，你的人生課題已然被指定，差別只在於什麼時候發生，所以，討價還價、憂鬱那幾個階段都可以略過，你如何跟命運討價還價？悲傷沮喪有助於改變目下的情況？既是被指定的人生課題，你只能接受。

根據瑞士精神科醫師庫伯勒－羅斯（Elisabeth Kübler-Ross）在一九六九年所提出人在遭遇失落以及悲傷時可能經歷的五階段理論，當病患得知自己確診罹癌時，可能產生「否認、憤怒、討價還價、憂鬱、接受」五階段的心理變化：

一、否認期（Denial）：病患得知罹癌時，通常相當震驚且難以接受，無法相信自己這麼「倒楣」，並常因不願相信罹癌事實，而多次至不同醫院檢查，希望推翻已經罹癌的診斷結果。

二、憤怒期（Anger）：經多次確認後，病患終將承認自己罹癌的事實，但可能亦衍生出委屈、甚至憤憤不平等埋怨的情緒：「老天爺為何這麼不公平！」、「為什麼是我、而不是別人？」將負面情緒轉嫁於親友或醫療人員身上，藉由怒氣轉移害怕的情緒。

三、討價還價期（Bargaining）：發生如罹癌的重大心理創傷後，病患可能感到非常焦慮，希望能做些什麼改變病況。例如透過宗教力量尋求幫助、嘗試各種偏方，或不停更換醫院等方式，呈現病急亂投醫的心理狀態。

四、憂鬱期（Depression）：病患確信罹癌後，將反覆出現憂鬱、難過的情緒，對任何事彷彿瞬間失去興趣，更會失眠或食慾不振，陷入低潮期。

五、接受期（Acceptance）：經歷一系列的治療歷程後，多數病患會逐步接受罹癌的事實，即使內心仍感到焦慮和害怕，但已會採取相對積極的態度配合治療。

雖然並非所有罹病者都會經歷上述的悲傷五階段，隨著病者心理變化、病情變化及病症嚴重程度的不同，每個階段的時間長短也會不盡相同，用這個「悲傷五階段論」檢視發生在自己身上的作用，我有沒有否認期？有，更年期之後我定期到家醫科檢查，自發現有婦科家族病史後，檢查時間表從半年縮短為三個月，因此當健檢發現疑似腫瘤時，我立即尋求第二意見，答案卻是我無法否認的確診罹癌，即使隨後進入檢查、開刀、化療的治療流程，腦海中仍然時不時冒出，會不會是弄錯了？只要醫師提出某一種是比癌症更正向的可能性，我立即接受，是的，一定是這樣的。直到開完刀，拿出的腫瘤病理檢驗結果出爐，病名確定，無從再否認了，第一階段就此遠逝。

接著開始覺得憤怒，為什麼是我？詩人隱匿在《病從所願》中說得病她一點也不意外，她知道病從何來。如同叔本華說的：「沒有一種行動、思想和疾病，不是自願的。」尼采因病必須長時間休息，幾乎無法閱讀，卻也因此放下許多過去無法放下的包袱，他覺得這是上天給他恩賜，所以他說：「疾病讓我獲得自由」。詩人隱匿也是這種說法的服膺者。隱匿認為她「渴求徹底的休息」或「安靜的幸福」，於是呼求一場病。

而我呢？理性的我告訴自己，為什麼不是你？難道你以為可以繞過命運的安排，早在父母的精子卵子結合，你的人生課題已然被指定，差別只在於什麼時候發生，所以，討價還價、憂鬱那幾個階段都可以略過，你如何跟命運討價還價？悲傷沮喪有助於改變目下的情況？既是被指定的人生課題，你只能接受。

雖然已經莫可奈何接受了這樣的被指定的人生，也覺得自己夠堅強，但是還是常常想，就這樣被擊垮吧，可以嗎？不行，我先生在我麻醉清醒後第一句話，就是，「你們（指的是他罹癌離世的母親和也正與病魔博鬥的唯一弟弟，再來就是我）要是都走了，我一個人活著也沒意思」。

所以，不能被擊垮，我的人生任務還沒到盡頭。也許，除了治身體的病，還有心理部分需要調適。

韓劇《我的出走日記》裡有一段關於心理諮商的對白。男主角具先生的女友自殺，他因創傷而避居他鄉，逃離自己原先的生活常軌。具先生知道女友陷入困境，對她說：「美國有個自殺崖，有人訪問一些倖存者，這些人在落下懸崖三分之二的時候，那些讓他們想不開的事，突然都變得不算什麼了。明明幾秒前，他們跳下懸崖時都還覺得只有死才能一了百了，結果才過幾秒，那些事，對他們來說都不足掛齒了。對一個活得無比痛苦的人來說，心理諮商，就是不需要跳崖，也能落到懸崖三分之二的方式。」結果他女友聽完這段話，就從他面前跳下去。當然那是戲劇情節，也可能是現實中的個案被寫進故事裡，這段描述很具體地把心理諮商的功能彰顯出來。不必跳崖，只要進行心理諮商，就能確認自己並不想死，那些過不去的檻都不足掛齒。

從來沒想過自己會需要心理諮商，因為生活中支持的力量很多，讀書——學習以及啟發自己的想法、寫作——故事作為療癒的方式，還有許多親近的家人朋友可以「聊天」，不是有方法的諮商，但藉由經驗分享再自行分析、篩選出對自己有用的資訊，也可發揮諮商的作用。再則，我雖然沒有特定的宗教信仰，如何排遣情緒倒也自有妙方。套句隱地先生的書名，文學就是「我的宗教我的廟」。

第一次走進諮商所，原本是為我先生（陪病者）安排的心理諮商，擔心作為照顧者的他壓力過大，兒子安排一次家族諮商，但我先生不適應這樣的安排，於是第二次開始就成了我一個人的諮商課。

我對心理諮商連常識都沒有，時常將之與心理治療搞混。心理諮商是以「情緒傾訴、引導談話、釐清想法、面對問題」等為目的，讓當事人在一個舒適、隱密、有安全感的環境中，透過專業心理人員的循循善誘，幫助度過難關、解決問題的過程。心理治療則是指「經由受過相關專業訓練並通過考核的專業人士協助，幫當事人處理好心理方面的問題」。從醫學的角度來看，「心理治療」是透過專業醫療人員針對「病患」的心理問題進行藥物或行為上的「治療」。相較於以接觸人群訓練晤談與引導技巧的心理諮商，心理治療有更多的「病理學」及「生理學」研究訓練，也因為事涉療程專業性，所以普遍會在醫療機構內進行。

什麼人需要心理諮商呢？某家諮商所的網站上這麼寫：只要有痛苦的人，想解決自己痛苦的人都可以進行諮商。

我痛苦嗎？

人生活到這個階段，日常生活中或許偶有不如意、不愉快、煩惱、挫折等負面情緒，但應該說不上痛苦，那些不順遂也可以被另一些小確幸中和。但自從小妹罹癌，接著隔半年我健檢查出了那顆腫瘤，歷經開刀、治療，我的情緒裡就充滿了平靜的痛苦，不是呼天搶地，不是不斷追問為什麼，也知道繞不過基因密碼，但就是痛苦。

我想解決自己的痛苦嗎？

說實在的，也沒有那麼強烈的想望，我知道一切都會成為過去，在時間之軸的運轉之下，生理的、心理的、感性的、理性的、具體的、抽象的，都會在光陰的沖刷之下，漸漸淡了，消失了。

第一堂課談接受。

大家都教我要接受，我任性地回一句：「可以不接受嗎？」答案當然是不可以，從確定罹癌那一刻起，對我來說，沒有什麼接受不接受的問題，因為事實已經如此，但似乎每個人對「接受」這個辭彙有自己的定義，即使我一再強調我完全接受了，還是有人存疑，包括我自己。

C醫師在說明病理報告結果時，說了一句：「要接受，也許一天兩天無法接受，不過不要超過一星期，不然不健康。」當時大概是我面無表情一臉呆愣的模樣，讓人覺得我一定是沒聽懂，就像老師教學生，一加一等於二，懂了嗎，懂了嗎？總要學生表情清晰的聰明樣，老師才會相信學生真的聽懂了。即使我看起來沒有已經了解了的反應，C醫師並沒有繼續這個話題，有時候學生懂不懂不重要，做老師的傳達意思就夠了。他一個月要面對像我這樣的病人上百人，認真想，提醒病人要接受的這些話都是多餘的。

進行諮商之際，罹病至此兩個月了，表面上我也接受我生病的事實，也努力想要治好病，但諮商師B讓我發現，我並沒有接受這個病，我只想趕快把病治好，讓我回歸原來生活，一切船過水無痕。這個發現讓我有點驚訝，是，我還是生氣，為什麼是我？看到七、八十歲的作家好友又生氣，為什麼他們可以活到七老八十還健康康的？以為自己那情緒五階段論早就過去，卻只是隱而不現地停在憤怒這階段。

原本我對人生的看法簡單來說是，自己活得好，對他人有用，如果這可以用一把三十公分的尺來形容，經過這一場病，我還是希望繼續用這把尺丈量我的人生。那麼，生這個病的意義是什麼呢？我疑惑了，理智告訴我，不應該任性，任性沒有用，但我就是想任性，我不想把生病當禮物，記得「中副下午茶」活動曾邀請柏楊演講，他談到他在綠島關十年，寫出《白話資治通鑑》，有位讀者說，因為被關在綠島的經歷，才能寫出這麼重要的作品，很棒。柏楊回答，跟你換好嗎？意思是他寧願不要十年牢獄換一部重要著作。我也是，即使這場病是上天給我的禮物，我不要，誰想要我可以送給他，但，可以不要嗎？可以轉送嗎？

過了兩個月，還在糾結為什麼，因為沒有答案啊，答案在茫茫的風裡。

第二堂課談溝通。作為大學教授、作家，溝通就算不是我的強項，對我來說，也不算太困難的事。不會因為生病了，就連溝通的能力也跟著病了吧。不過這裡談的溝通，是病人和陪病者的溝通，以及我如何和我的親友溝通我生病這件事。

諮商師B的專長是伴侶、家人關係，在家庭諮商時諮商師B已經發現我們家的關鍵人物就是我先生，我先生是堅持原則的人，想怎麼做就怎麼做，不會在意他人的想法與感受，也幾乎沒有彈性。這樣的個性對他自己的發展固然是正向的，但在他身邊的人很辛苦。他一再強調，如此做法已經幾十年了，事業經營得也成功，B說，經營公司當然要這樣，但經營家庭不一樣，我先生感覺不出這兩者有何不同。我兒子的觀察是，爸爸的抗壓性很強，媽媽也應該調整一下，所謂關係，不是一個人的事。

延續上週的話題，諮商師B幫我發現我和我先生並沒有良好溝通，只有退讓和閃躲。沒錯，因為溝通太花力氣，也幾乎沒有成效，我自己找出的溝通方式就是這樣，換取了許多太平盛世。既然我們已經這樣過了三十年，在沒有找到更好的溝通模式之前，如此繼續下去也未必不好。何況因為我生病，我們之間的關係也在產生變化。原本並不把周遭人的反應列為必須在意的事，我先生也逐漸調整，開始注意我的行為意義。

溝通的能力，首先是傾聽，其次才是分享。有些病人喋喋不休，不斷用聲音提醒身邊的人：我是病人。而我是屬於沉默不語的那類病人，把自己藏到某個旁人不知道的空間，像個木頭人。

有的病人，會不斷地講同一件事，這不是煩躁症，不是強迫症，是上天創造人的大腦時，給大腦保護的迴路機制。據說大腦對強烈的經驗，會用重複的方式讓腦中累積的壓力獲得紓解。人在重複的表達中，會有一點點的不一樣，這是大腦對事件的重新組織與回饋，檢視遭遇的每個細節，串聯前後，這樣的重複表達，是有意義的。不過這時候這個理論用在我先生身上比較合適。他不僅整天說個不停，而且有些內容是重複的，這是他當業務員的習慣，藉由重複加深客戶印象，也提高產品成交的可能性。

重症治療，對我是全新的經歷，沒有人事先預備去面對；沒有人知道下一步會怎樣。我在嘗試對外溝通的內容，對外表達的途徑，也是全然陌生的摸索。因此剛確診時，知道這個訊息的人只有家人和少數幾位親近的朋友，接下來開始看醫生，準備住院開刀，出院後繼續化療，許多事進行得又快又多，除了向學校申請留職停薪會讓少數同事知情，我也沒有心思想跟其他人說明。當治療接近尾聲時，要不要讓關心我的朋友了解我的近況，就成了時時縈繞心頭的念想。

我要跟我的朋友甚至我的讀者溝通嗎？諮商師B要我自己想清楚，想告訴什麼人，想怎麼說，想說到什麼程度？都是你的權力，你可以自己決定。

第三堂課談黑洞。

「上週還好，今天覺得有些陰暗。」這天的開場白，是的，陰暗，我用了這個辭彙，這是以前不常出現在我的人生字典裡的辭彙。

黑洞裡有什麼？恐懼、憤怒、悲傷、不甘、不捨……或者，什麼都沒有，黑洞就是一個會吞噬一切，包括情緒的、黑不見光的洞？

心理諮商師B一直提醒我，醫院裡都有病友團體，參加這些團體，聽聽別人的意見對自己有幫助，但我卻始終排斥參加這些團體，我不想告訴別人我的病，我也不想聽別人告訴我他的病，我自己可以從書本中得到我想要了解的事情。直到閱讀葛文德《凝視死亡》書中的一個例子，讓我知道了病友團體的價值。佩格兩年半前臀部右邊疼痛，有長達一年時間醫師的診斷是關節炎，直到他接受CT，才知道先前關節炎是誤診，她臀部長了一個直徑約二十三公分的軟組織肉瘤，這是一種罕見的癌症，那時腫瘤已經侵犯到她的骨盆腔，她接受了化療放療和腫瘤根除術，骨盆的三分之一再用金屬重建。接受治療的這一年有如煉獄，又因為併發症，在醫院住了好幾個月，她喜歡騎自行車，做瑜伽、彈琴和教琴，或和先生帶家裡的牧羊犬出去遛遛，但是生病讓這一切都得放棄了。儘管如此，佩格漸漸恢復，甚至可以繼續教琴了。

了解類似狀況的人發生什麼事，會讓人激發生存的力量。佩格的情況比我嚴重，但是終究可以恢復，一點一點從命運手上得回自己的生活。那麼我有什麼資格覺得可以就這麼被擊倒呢？我當然會自己寫完人生的最終章，但不是現在。

第四堂課談隱喻。

黑洞裡還有一個部分圍繞著一直沒談完的話題，我要如何跟我的朋友溝通我的病況？

也許我還沒有真正接受自己生病的事實，所以很難告訴別人我生病的事，那麼為什麼我這麼難以接受生病這件事？

因為生病讓我不自由，生病的人是弱者，社會上一般人對疾病仍然帶著偏見，生病的人在工作上、人際關係上都會受影響，這些在《疾病的隱喻》裡說了很多，「隱喻是藉著屬於另一事物之名，指稱某一事物」，既然要拿屬於另一事物之口來指稱疾病，那麼就會有各種加入個人意志與意願的說法，讓疾病本身附加了許多情緒。

一個朋友告訴我她的經驗，有位好友一年多沒有跟她聯絡，她輾轉從其他朋友得知她得了乳癌一期，因為無法或不想告訴她，而斷了交往。我和兩位從小一起長大的小學、中學同學定期聚會，原本暑假就該聚會，我找了許多理由延宕到十月，新冠疫情當然幫了大忙，這段期間一直可以用避疫作為不聚會的理由。臨見面前我還在猶豫要不要說出我生病的事，從小一起長大這麼要好的好友，不讓她們知道真的是太見外了。可是我一想到她們知道後，她們的家人、我的鄉親很多人也都會知道，而我不確定這二手傳播的內容是否事實，我彷彿看見一張張同情、悲憫的臉，於是我仍緘口未言。

婆婆罹病後好幾次發出這樣的喟嘆，「我是上輩子做了什麼壞事，讓我得這個病」，或是「我也沒做什麼壞事，怎麼別人都沒有，我卻得這個病」，不管是哪一種說法，總之是把罹癌當作上天的懲罰，而我婆婆這位承受上天責罰的人不能了解到底自己犯了什麼錯。我生病後，不只一位好友說出類似的話，你是個好人……，刪節號裡的意思是，好人怎麼會得這樣的病呢？

疾病就是疾病，不管是肺結核、心臟病或是癌症，都不需要另有隱喻，疾病文化的除魅或是疾病去汙名化，即使我能理解，但旁人呢？諮商師B認為我不需在意旁人，或許，當我能坦然告訴旁人時，疾病的隱喻才算成為過去。

第五堂課談餘生。

雖然沒有認真想過，但到底還有多久，我仍然好奇。我婆婆發現罹癌，醫生說了時間，半年。最後一個月住進安寧病房，我每次去探望，她第一句話總是問：「還有多久？」第一次我聽見這問話時，以為她是問我要在病房待多久，再細細尋思一番，領悟她是在問自己的餘生，眼淚就安靜地流下來了，還得背過身去悄悄拭乾。婆婆接著催促我，你去問問醫生。我只能說好，然後稍晚時假裝已經問過了，答案是，醫生沒說。

是的，我的醫生沒有告訴我還有多久，那麼答案可能是很久，也可能是，不久。不管是很久或不久我都想知道，我想在有限的餘生排定我的優先順序。

但諮商師B說：我沒辦法回答你這個問題。

後來話題一直繞著我的思維模式，我告訴他我問過妹妹為何不痛苦，一則她對自己人生的價值和意義沒有過多想望，原本的工作雖然做得有滋有味，但退休後自由自在的生活方式也不錯，再則她總是正面思考，如果三期卵巢癌的五年存活率是百分之四十，那麼她就會是這百分之四十的人。我不能如妹妹般自我催眠，因為那樣的想法不切實際，也無法用科學解釋。我也願意自我催眠，這樣日子會好過些，但理性的我很難做到。

諮商師B整理出一個粗略的結果：我的科學認知就是我痛苦的來源。統計數據告訴我，晚期卵巢癌五年存活率百分之四十，兩年半後復發的機率百分之七十，這些數據把我困在其中，但他也說，數據是死的，人是活的啊！為何我寧願相信硬邦邦的數字而不接受可以靈活調整的人生？

回到餘生的話題，他認為問題可以改成：我對接下來的人生一片茫然，不知如何是好，前面的說法：我要如何面對我的餘生，是一個論文題目，引導我們兩個不斷在辯論，很累也浪費時間，所以今天達成共識，下次開始，他要進入我內心的房間，跟我一起看看這房間裡有什麼。

第六堂課談禮物。

我們總是把每天如常的日子視為理所當然，不懂得珍惜，其實每一刻都是禮物。

今天的重點是為什麼我覺得掌控這件事這麼重要？延續上次我說不想痛苦，那麼為什麼會痛苦？因為覺得人生變得自己無法掌控，我過往的人生小心翼翼，走哪條路，做什麼選擇，總是再三思考，沙盤推演，然後再進行，經過精準評估，所以失敗率很低。我為何形成這樣的生活習慣與人生哲學，跟我從小家境貧寒，沒有太多助力、太多選擇、走每一步路都得自己努力有關，因為資源很少，所以要斤斤計較。

但到了現在這個階段，諮商師B說：「你已經沒有辦法掌控了。」這是殘酷的事實，但我仍抱一線希望，還有那麼一小部分是我可以掌控的。

諮商師B說，他聽很多病友表示，他們真心感覺到生病這件事是一件很珍貴的禮物。我說，我很不喜歡這個禮物的形容，雖然我同意我從生病中也獲得前所未有的經驗，我是作家，生病過程中的感受與體驗，沒有經歷過是無從得知的，因為生病，我才能更精準去描述、去形容絕望、痛苦、未知的情緒。只是我不願說這是禮物。痛苦的感受是收穫，但說禮物太沉重。

知道我在進行諮商後，一位朋友說了他的憂鬱症諮商經驗，諮商師提出一個方法，當他感覺憂鬱那片黑幕即將落下時，就立即離開所處環境，轉換一個磁場，或可避免憂鬱症發作，他用這個方法度過了艱難時期，感覺有了力量可以繼續走下去。我跟諮商師B說這段故事，我期待他也能給我一個方法，讓我可以遠離痛苦，但諮商師B說，他沒有魔法棒，不能魔法棒一揮，我的病痛就消失了，如同哈利波特唸出咒語「速速前」、「去去武器走」，然後不想要的就不見了。

是啊，只有我可以給自己施法，那根魔法棒就在我的心上，只有我可以拿起它，魔法棒一揮……。

我自己也整理一個小結論，我可以把餘生用在感受上。生病之後，我開始記錄過程，有時關於描述情緒，從前很有障礙的部分，現在可以輕鬆滑過，如果我願意承認罹患重病是上天給我的禮物，那麼這種感受能力的增能就是一件禮物。

經過這幾次諮商，我內心那未曾探索的角落似乎和我親近了些，我自己思想的迷悟、內心的坑洞彷彿也能坦然面對，理解自己如何思考、情緒之所由，然後呢，我要帶著更好的自己向前行，只是，遠方的路程，要怎麼走，還能走多久？那不是現在必須要思考的課題。

10 疾病王國的子民們

蘇珊・桑塔格：我要描述的不是移居到疾病王國、住到那兒的真正情狀，而是與情境相關的幻想；不是疾病真正的樣子，而是人們對它的想像。

我沒有瀕死經驗，旁觀他人之死亡的經驗也算稀少。

那一趟西藏之旅重頭戲是在拉薩城參加哲蚌寺雪頓節曬佛大事。一行人三點多就起床，四點從集合點開始上山，其時天都還沒亮烏漆抹黑的，由於此行向來是跟著團體走，我們對於接下來的行程並沒有被詳細說明，也不知道要走多久。等集合的空檔，我突發靈感對著此行一直走在一塊的夥伴說，我們兩個人不要去了吧，但夥伴對脫隊行動有疑慮，就說還是去吧！於是跟著人群走了三四個小時，天已大亮，走到一個峽口，行進的隊伍卻停了下來，在我們的前方還有四、五排隊伍，更前面是一道木柵欄，原來是時間未到還未開放。因為走得久上山的人又多，原本十多人的團體現在只剩下五、六個人走在一塊，我的不安情緒又湧上來，我對這小隊的領導說，有點危險，我們回頭吧！但是都走到這了，而且千里而來就是為了看這十分難得的佛像和唐卡，於是我也不好堅持，之後想退大約也不能了，因為後面的人群都逼靠過來。大約有半個小時，我們被後頭的隊伍向前擠壓，身邊的人紛紛勾著手，避免被擠掉擠倒，最終擠到感覺連肺裡最後一絲空氣都將被擠出的瞬間，柵欄打開了。

同行一位虔誠的佛教徒說，如果佛祖要我在這兒升天，那就走吧。和虔誠的基督徒說，上帝自有其美意是一樣的道理。我既非佛教徒也不侍奉上帝，我只惦著我與先生及孩子尚未完結的世間緣。

事過後我常想，到底是命定我不會在那個關頭出什麼事，或者事件發生時有什麼狀態改變了，以致我們可以全身而退？這依舊是沒有答案的問號。

蘇珊．桑塔格《疾病的隱喻》裡頭說：「我並不想描繪移民至疾病王國並在那裡生活到底是怎麼一回事，只想描述圍繞那一處境所編造的種種懲罰性的或感傷性的幻想；我並不想描繪這一個王國的實際地理狀況，而是要描繪有關王國特徵的種種成見；我的主題不是身體疾病本身，而是疾病被當作修辭手法或隱喻加以使用的情形。」蘇珊．桑塔格是重要的文學家，她因自身和癌症共處的思辨完成這本書，誠如上述文字，她想討論的是「疾病被當作修辭手法或隱喻加以使用的情形」，而我，剛被指定加入疾病王國的子民，則想描繪那個疾病王國的地理情況，也要描寫在王國裡的生活景況，主題更是身體疾病本身。

我的散文〈你道別了嗎〉，是描述三位親友離去的，我的感受。當時我三十而立四十不惑未到，非常幸運的，生命中面對死亡的經驗不多，為了突顯珍惜當下的主題而使用了這三位親友的故事，寫作時並未想到散文中的三個例子竟然都是死於癌症。

除了家狗家貓來來去去，我第一次經歷死亡便是從我有記憶起就臥病的母親。

我在母親的葬禮上沒有哭。那是這麼親這麼親的親人啊，在她肚子裡受呵護了十月之久，初臨人間看見的第一張臉，聞到的第一股體香，被擁入的第一個懷抱都是她，但是在那個乏人照料的環境中，我過早被抱離母親的懷抱，養成異於同齡孩子不去膩著母親的習慣，我當然不可能預知死亡紀事，可是學習自手足中去獲取替代的母愛的行為，卻可以解讀為我知道終有一天會失去，於是早早學習不去依賴。因為這一場我沒有流淚的葬禮，我以為可以不把死亡當一回事，以為面對死亡沒有傷口，因此不會痛。

第二位是我所服務的小學的同事，相處時間不長，仔細數算，可能一年不到，卻見證了她的最後時光。她在這辦公室職位最低權力最大，所謂權力最大是指所有公文以外的事都由她作主，小至下午茶時間的咖啡豆品牌、主任的午餐便當，大至聯誼活動的人時地、春節值班表等，她替很多人決定事情，譬如，王老師的女兒考大學的志願表，張主任的奶奶摔斷骨頭要住哪一家醫院，還有我的中文系夜間部選課表，她主動幫忙從小說選和戲劇選中打勾，然而她卻不能決定自己的生命長短。

病徵是強烈的胃痛，一開始是每次聚餐後她總是喊胃痛，有時一面猛吞胃乳片，一面還能談笑自若，有時卻是整個人對折，用膝蓋頂住胃以壓迫痛覺，那個樣子讓人擔心，卻以為頂多是潰瘍吧，很多人有這毛病，尤其是常常做主的人。後來她受不了因胃部不適必須戒掉咖啡，而決定到大醫病住院徹底檢查。我記得那是一個陽光燦爛得過火的夏日，多麼適合到郊外踏青的日子，她跟我擺擺手，意思是，別擔心，我過幾天就出院了，準備好南美的藍山咖啡豆等我喔。

在那家過幾年我生育兩個孩子的醫院，我去探望她的場景一次比一次暴烈而可怖，她對每一個人吼叫：為什麼是我！把雙手抓得到的物品扔得滿病室。有時她安靜下來，用一雙漾著深不見底的愁苦的眼睛望著我，用眼神扣問：我就要死了嗎？我真的就要死了嗎？

她再也沒有離開那間五〇三病房，她才三十歲，有一個兩歲，頭髮剛長到可以紮辮子長度的女兒，她自是萬般不捨、萬般不甘。

這次我那麼靠近死亡，那麼靠近死亡的陰影。我曾牽著她兩歲的女兒去散步，在醫院院區的庭園，小小女孩天真地問，媽媽為什麼不陪我玩？我的淚不由自主地滑落，在陽光朗燦的、生機勃發的日子，我不能回答這小女孩，你母親不但再也不能陪你玩，而且再也不能陪你做任何事，我不能說，也不懂生死的奧祕，只能流淚，無聲地流淚。

同樣的情況又再次發生，那位在職場呼風喚雨的硬漢主編，吃著家人送至口中的木瓜，一口嚥下，第二口沒能及時送至口中，而發出一聲「哼」，像孩子似的，我的淚如雨下，一場安靜的雨，靜靜地下。

其時他走過的路比此時的我還長，當年他翻山越嶺、橫渡重洋來到這個我們生活的土地，成長求學、成家立業、傳宗接代，在我跟著他工作的時候，他的人生正走到一個收成的階段。他半生的奮鬥，他曾經為自己、為社會付出的努力正一點一點地開花、結果。他給很多人承諾，像是女兒的婚禮、兒子的畢業典禮、妻子的結婚週年紀念日，甚至同事，他都允諾一場轟動的、可以做為里程碑的文學饗宴。他正是可以允諾的年紀，只除了，他不擔保諾言實現的日期。

我要到那時才懂，看著盛裝著他的軀體的棺木，緩緩送入火光中，那兒應該是光明所在，大家都可以看到那在陽光下絲毫不遜色的亮麗火光，可是為什麼每個人都這麼悲傷，你們都想起他再也不會兌現的承諾，是吧？

「他生也苦，他死也苦，他葬也苦，沒有人為他哭」，詩人哀悼一個生命消逝的詩句，那幾場葬禮見證了這詩句的存在，我終於明白，母親過世的那場悲慘的葬禮為何會被我玩成喜劇，因為那個時候、那個年紀的我不明白不捨、不甘的感覺，人間還有很多想做的事，想見的人，想去的地方，卻可能再也不能從願。

如蘇珊・桑塔格《疾病的隱喻》所說，我們在這世上都擁有兩種身分，健康王國與疾病王國，雖然大部分人都樂於只使用健康王國的護照，但當疾病來臨時，你也不得不走入疾病王國。《牛津英文辭典》收錄了癌症早期修辭性定義，即：「任何緩慢地、悄悄地侵蝕、損傷、腐蝕和消耗身體的疾病。」而類似這樣的句子：「癌症是惡魔般的妊娠」、「那個腹部隆起的人孕育著自己的死亡」所形容的病情發展，似乎都曾顯示在這幾位親友身上。

葛文德《凝視死亡》則說，雖然醫學與公共衛生的進步改變了我們的生命軌跡，但疾病與死亡這件事卻常突然降臨。你可能健健康康活著，一點問題也沒有，然後突然遭受疾病的侵襲，結果生命曲線陡降，就像從懸崖掉下去一樣。

母親在我有判斷意識時就已是疾病王國的公民，我在小說〈平安〉中描述平安母親生病的段落：「母親閉著眼，長長的睫毛像兩條黑色毛蟲橫在那慘白的大臉上，正一掀一掀地歙動著。斗大的汗珠代替毛毛蟲在母親的臉上自由地游走，游過嘴唇時也不易分辨，因為那兩片薄唇幾乎和臉色一樣慘白，而呻吟聲正從那兩片薄唇的縫隙中擠出來。」

「平安把格子窗又推開些，好讓她能從母親的臉往下張望。她看到母親痛苦的緣由了，母親身上蓋著的薄被，從胸部以下都變了顏色，原本是淺橘的被單變成深褐色，母親的下身，包括薄被、包括床單都浸在血泊裡，而那血水仍然沿著薄被的棉絮向整張床泛濫……。」那其實是我的夢魘之一，母親罹癌的原因和生育過多孩子及性行為的衛生環境應該都有關係，這是我淺薄的醫學常識的理解，她發現罹癌切除生殖器官後又存活了九年，但這段期間，「那個腹部隆起的人孕育著自己的死亡」，腹部隆起正是她的身形，而在餐桌用餐時、在客廳小歇、在廚房走動……不預期下身出血，急喚我們拿布、拿紙來收拾的情況不時出現，也成了我常常半夜驚醒的夢的基調。

另兩位親友那道健康王國和疾病王國的邊境線，彷彿是一夕之間崩塌。女同事的活力飽滿讓整座辦公室煥發著迷人的光采，而我的前輩雖是長者，除了面色略微暗沉，但嗓門奇大、步履輕快、思慮敏捷，很難想像那增生性質的疾病埋伏其中，《疾病的隱喻》提到那是「一種可被測量到的持續而平穩的增生」、「它可以在不顯示任何可見症狀的情況下就已發展到很嚴重的程度」，而且「一旦患上癌症，就可能被當作一樁醜事，會危及患者的性愛生活、晉升機會，甚至他的工作」。

疾病王國的子民過的是什麼生活，只有自己最清楚，無法感同身受。

某位知名藝人的女兒抗癌多年，影視新聞版面像連續劇一般報導她的狀況，她母親談到女兒癌末病況，說女兒連站也不能站，因為站會痛，一定要吃止痛藥和嗎啡才能稍微舒緩，而這個女兒癌指數翻倍增加，身體狀況很差，還出現腎積水和黃疸症狀，加上營養不良，紅血球、白血球等數值都沒達標，不僅輸血效果不佳，身體也產生抗藥性，無法治療或做化療。

某位資深主播上《點燈》節目說出自己得到骨髓化生不良症候群（血癌前期），但他只有沮喪五分鐘，就振作起精神，因為他知道癌就像魔一樣附到你身上，隨時會把你帶走。但上天為他開了一扇生門，還可以做幹細胞移植，生命的繁花盛開到接近殞落，那是一個循環，他從自身遇到重病，然後看到孫子生機勃勃，這種衰老與精壯、疾病與健康的對照讓他體會深刻，也從中找到了努力延續生命的力量。

另一位藝術家在接受雜誌訪問時談到自己罹癌，感激老天給他重整人生的機會。他一共動了七次手術，做了三十三次化療。做完化療出院的第一週是副作用最強的時候，每天拉肚子七、八次以上，接下來的症狀是全身發癢，還會冒出很多水泡：「一擠都是血水。」而且因身體抵抗力極差，不但老毛病跑出來，新毛病也上門，痛風、關節痛、坐骨神經痛……各種痛全都來了。生病讓他對人生有深刻體會：「出來混總是要還的，」過去他作息日夜顛倒，飲食型態不佳，還常跟朋友拚酒、暴飲暴食：「對自己的身體很不好。」他感激老天給他重新整理人生的機會，回歸簡單生活，他把每一天當人生最後一天過，把握時間全心創作。

友人罹癌多年，動了兩次大手術及十多次的化療，治療成效不錯，一度感覺自己痊癒了，三年後復發，又開始手術開刀、化療的日子，因化療副作用太強烈，身體已經無法承受，讓他不得不放棄化療。目前只服標靶藥物，仍然有副作用，末梢神經腫脹，身上也長滿水泡，一碰就痛。

也有人不願說出自己的經歷，或者來不及告訴別人。作家李維菁罹癌一年多，仍勤於書寫，在艱苦的化療過程中，還是樂觀勇敢面對生命挑戰。她在媽媽陪同下赴醫院回診時，詎料因血壓過低發生休克緊急送醫，在加護病房搶救後仍辭世。我的學生告訴我，她聽聞惡耗時正在餐廳打工，傷痛得站不住腳，在廚房備料的中島旁蹲坐下來，久久不能起身。可見她的作品在愛好文學的年輕朋友中是多麼重要的存在。

美劇《美麗人生》主角之一美德琳離了婚，女兒艾比跟她住在一起感覺有很大壓力，覺得母親強烈主導想把她推到自己達不到的高度，於是醞釀搬去跟爸爸住。美德琳對現任丈夫說，如果她得癌症，艾比就不會離開她。寫美德琳這句臺詞的編劇可能沒有罹癌經驗，為了把女兒留在身邊不要離家另住，而想用罹癌作為手段，這兩件事的輕重是不成比例的。

《白蓮花大飯店》裡的馬克先生以為自己得了癌症，休假中醫生打電話來通知並未罹癌的好消息，他躲過一劫的感言是：「身體狀況虛驚一場，這其實是件好事，因為這件事改變了我對生命的觀點，讓我知道我們有多幸運，我們根本沒有煩惱，我們吃得飽，家人健在，身體健康，活得好好的。這也提醒我們要以不同觀點看事情。」

沒有罹癌的人生，每天都可以是嶄新的一天，就好像每天都重獲新生。每一個片刻，你沒有被困住，不會衰老，死去。

我婆婆的胃潰瘍宿疾在一家大醫院裡照過兩次胃鏡，吃過大把大把的藥丸卻仍困擾著她，而且出現輕微吞嚥困難，於是在社區那些常逛醫院的婆婆媽媽介紹及陪同下，到另一家醫院做檢查。照過胃鏡後，醫生告訴她食道裡有紅腫，使得食道狹窄，等切片報告出來，若是良性的，吃藥就會消了。婆婆回來後輕描淡寫告訴我們，她逛醫院頗有經驗，所以我們也不以為意。

看報告那天，婆婆一個人去，醫生對她語多保留，讓她請家屬來，以便詳盡說明，為了怕家屬仍不知嚴重性，還寫了簡單幾個字讓婆婆帶回。字條上寫著，「胃癌上延波及食道下端」。隔天由我陪她上醫院，護士問道你們的關係，我說是她的媳婦。醫生也問，她有沒有小孩，我說有兩個兒子，先生出差在外。看來，我這沒有血緣，是法律上的女兒，卻擔負最親家屬接受告知的責任。

那天我走出診間，一直在診間外面露憂色等待的婆婆，迫不及待問：「到底是多嚴重，怎麼不讓我進去聽？」我還沒整理好該如何告訴她，於是也學著醫生語焉不詳、避重就輕的說法，可能要開刀，我們再換一家大醫院檢查。

這是她的人生，她的身體，她的病，但至少這一刻她並沒有參與。

一九七八年出版的《疾病的隱喻》書中寫道：「在法國和義大利，醫生將癌診斷通知病人家屬而不通知病人仍是常態，醫生認為癌診斷對除了極其成熟、睿智的病人以外所有病人都是無法忍受的。在美國已經對病人有較多的坦白時，美國最大的癌症醫院以未署名寄件人的信封郵寄通知書和帳單給門診病人，理由是病人的家人可能不知道病人所患的病。」

疾病王國的子民幸運的某些人可以繳回護照，換發成健康王國的護照，我呢，已經無法如馬克先生一樣發表健康感言，不過我還可以期待，或許有機會重建那已然崩塌的防線，回到健康王國那一邊，回到器官平靜的狀態。

11

親愛的

原本準備我的三餐是他這位膳食官的重責大任，聽了我這句話，他露出尷尬笑容，趕緊去備飯。但是我喜歡誤了備飯的膳食官，我希望他多做點自己的事，不要把生活重心全放在我身上。因為生病，我彷彿看到我從前沒看過的親愛的。

他讓自己十分忙碌，沒有片刻停歇。我要他放輕鬆些，他說，不。

我不禁想著，是不是只有讓自己忙碌到無暇思考其餘，他的日子才能過下去？

三個月過去，我先生終於說，這幾個月，好像作夢啊，一個又長又真實的夢。

化療副作用強烈時，我坐立難安，只能滑手機、玩玩簡單的電腦遊戲，就算這兩件事，也頂多撐個五分鐘十分鐘。當我虛弱地說，什麼事也不能做，先生說，你什麼事都不必做。

已經離家另住的兒子們，每個星期都會找一天回家吃飯，一邊用餐一邊閒閒話著家常，說著工作上的事，交女朋友的事，或是電視新聞的報導，像是馬斯克又說了什麼話……。有時天氣好陽光從窗外灑進來，照著我們一張張發光的臉；有時淅淅瀝瀝下著雨，得拉大嗓門和雨聲競爭，話聲才聽得清楚。我們很少提到生病這件事，彷彿那也是家常，生活的一部分，無須另眼看待。

這是我親愛的家人。

左邊乳癌開刀的H，一個人開車去回診，要進停車場拿停車卡，必須以右手繞過身子，勉強而艱難從機器中拿出卡片；我的學姊L在第二次婚姻中發現罹癌，立即將名下的房子過戶給兒子，她擔心現任丈夫在她身後不會好好對待這個沒有血緣的孩子；和雙親同住而丈夫遠在南方工作等於週末夫妻的W，沒想到死線來得這麼快，許多事都沒來得及處理，她走後，雙親得想辦法證明這房子是父母和女兒共同出資購買……

不必這些事，也知道罹患重病不會是一個人的事，而是一家人的事。

緣深緣淺如何介定？我和另一半結縭超過三十年，生育了兩個兒子，應該是有很深的緣分吧，婆婆也和我們同住十多年，我從一個人到兩個人到五口之家，婆婆歸返仙山，又成了四口之家，如今兩個兒子長大了立業尚未成家，但已經開府自立門戶，於是又成了兩口之家，把養了四年半的黃金獵犬算上，也是三口之家。家戶的變化便是數字的變化，一加一，加二，加三，減一，加一。

回想起我和外子的結識交往，二〇一九年應目前已經停刊的《聯合晚報副刊》之邀，寫了一篇散文〈一加一〉。

〈一加一〉

打開窗戶，看見遙遠的地方燈光燦爛，知道這世上我不是一個人，於是我安心了，可以繼續過日子。

明明出身姊妹眾多的大家庭，狹窄的日式宿舍磕磕碰碰都是人，關於童年，我卻總記得我一個人。

不知道幾歲時的記憶才可靠，不知道我如今的印象是原始的還是建構過的，雖然母親在我少年時才去世，但她一直在病中，想索求一個擁抱不可得。我記得一個人躺在床上，嬰兒頭可以自由活動東張西望，我的母親不是堅定的扁頭擁護者，真實原因應該是她忙著生病無暇顧及孩子的頭型是圓是扁。但看來看去，就是頂上那床粉紅夾細藍條紋的蚊帳，常年單調無趣。當我會坐會爬行時，我一個人爬下榻榻米，爬出臥室，爬向屋外的田野。多年後看到好萊塢電影裡，那個嬰兒爬出屋室，在擁擠的車陣中驚險地穿梭，總想著，當年我就是那個樣子吧！

小說《平安》中曾描述主角漫遊村莊和小鎮的場景：「從對著平安家紅木門的小徑一直走，就會在這高隴前停住。小徑的兩旁都是水田，這道高隴便是水田的盡頭，爬上去，另一頭是溝水黑濁的臭水溝，這道高隴很寬，足可通行一部拖拉庫。平安這部拖拉庫有時駛向右邊，有時駛向左邊。」類似這般拖拉庫的童年，也許便是日後我身處群體而保有孤獨心境的基礎。

少女時代總有手帕交同進同出，北上讀書住在宿舍裡，更是和同學室友廿四小時不分離。進入社會後，先在小學教書，那年代的同事關係緊密，白天共同工作還不嫌膩，下了班繼續美食攤或逛街、電影約會，天天生活緊湊而精彩，忙碌得讓人無暇停下來思考其他。

工作幾年後，穩定的生活方式讓當教師的同學們紛紛步上紅毯，我也和其他已婚或未婚的閨蜜精心打扮出席婚禮，嘻笑著吃喜酒，接捧花，然後，突然有人問，你呢，什麼時候輪到你啊？不管，不管，我們要喝喜酒。

時代走到這裡，女性想不婚、不育，社會的接受度比以前開放許多，和我一起開始走文學路上的女作者們，某次說起終身大事，有的抱持單身主義，有的視小孩如魔鬼自然不想生養子女，只有我理直氣壯說著，女人啊，應該建立家庭、結婚生子，人生才完整啊！會說這種話的我，就是那種愛好眾人團聚受不了孤單寂寞的個性吧。

何況和那自插班入大學即認識交往的男友情感十分穩定，只是他的學制要讀五年，加上兩年兵役，還有得等，當被問及何時步上紅毯，我的回答不是斬釘截鐵地等他服完兵役馬上辦理，我，竟然猶豫了。

明明期待人生的圓在有了另一半後可以首尾相連，那麼猶豫緣何？也許是當下的生活過於自在愜意。那時我已轉換跑道，放棄小學老師的身分成為傳播業的文學副刊編輯。每天的生活和社會事件緊密相連，這在電視新聞還沒二十四小時播放以及網路新聞尚未發達的年代，作為大眾傳播的一分子，領先知曉國際或在地大小事，還是很稀罕的身分。

我原也是過慣熱鬧生活的，只是年少的我，絕對想像不出能自主的成人生活是多麼悠遊。第一份有薪水的工作，除了過年過節奉給父親一個大紅包之外，其餘的收入我都可以支配。那時物價相對低，於是工作之餘，晚餐嚐遍各國美食，之後，購物、看電影，甚至去迪斯可舞廳跳舞，那時的卡拉OK比較像現在的那卡西，大廳式的營業場所，每桌填歌單輪流唱，人多的時候有時一小時才能唱上一首，好處是觀眾很多也不吝惜掌聲。

不必存錢買房子、不必養小孩；不必儲備教育基金，一人飽全家飽，看電影連子夜場都可以考慮，假日永遠睡到自然醒。男友在寶島南端服兵役，室友去相親，我跟著去湊熱鬧，有時對方覺得跟我比較投緣，室友一旁起鬨要我們交往看看。

便是這樣，偶爾想起男友說一退伍就來提親，心裡不禁要問，真的捨得告別單身「貴族」的生活？

《航站情緣》裡的女主角空姐艾蜜莉亞說她無法獨處超過五秒鐘，而我，不上班的日子經常獨處一整天。

那天，不屬於我的春假，如常，日上三竿才起床，吃了別人是午餐而我是早餐的麵包牛奶，又削了一顆蘋果，接著開開電腦收信，收拾前夜沒處理好的廚餘，坐在窗前發了一會呆，看看窗外陽光燦爛，突然覺得這一天還很漫長啊！開車出門購物，假日的大賣場熱鬧擁擠，我在人群中穿梭，趁空檔迅速揀選一星期的食物量，雖說是一星期的量，卻也不多，我可以每天每週都吃一樣的餐食，反正一個人能填飽肚子就好。

回到家把食物歸位，一個下午似乎就過完了。那麼，距離假日結束，還有十幾個小時呢！

我記得，去開冰箱時時鐘指著五點二十，平日除了要弄吃的我不太開冰箱，只會打開放茶與咖啡的食物櫃巡視。這時我竟然從冰箱裡拿出一罐五百毫升的啤酒，在沙發上坐下，打開下午的電視，看著正在播放當時很賣座的系列電影《最佳拍檔》，有些段子看過了再看還是會噗笑出來，喝完啤酒後，倒在沙發上沉沉睡去。

醒來時我抬起腕錶，七點多，是清晨還是傍晚？我需要多一點意識去釐清。半晌，記憶回來了一點點，彷彿是電影裡的離魂場景，有個我站在沙發旁凝視：這是你的住處，但都是無生物的家具和器皿。你是那個躺在沙發才上半夜已經醉過一場疲累不堪又孤單寂寞的單身女子，你看著自己揉著麻痺的臉龐，似乎想清醒過來回到原來的生活軌道，這個時間點尋常家庭是全家人用過晚餐圍在電視前看黃金檔，一天的辛勞被家的感覺犒賞。然而那個醉倒的你是多麼可厭可憎，於是你起身，從抽屜拿出久未使用的信封信紙，你決定把那醉倒沙發的人一腳踹開，展開全新的生活。你要寫信給在軍中的男友，說：我們結婚吧。

那一年是一九八九，世界各個角落大事小事不斷。六月臺灣初夏，暑氣正要上騰，我參與編輯的副刊記錄著我們走過的路：一月，經國先生逝世一週年，懷念他的人發出「一年了，不變的是他的音容笑貌」的喟嘆；二月，《中央日報》發行六十週年；三月青年節，你給這一代大學生打幾分呢；四月，國策顧問逯耀東應臺大學生邀請和立委丁守中對談「時代的危機與轉機」；五月，「五四」七十週年，省思五四精神，同時大陸青年學生在天安門廣場集結，原本單純悼念胡耀邦的活動轉向要求政府控制通貨膨脹、處理失業問題、解決官員貪腐、開放新聞自由、民主政治與結社自由等等，歷史的廣場在沸騰，到了六月四日血染天安門，淚灑北京城，一場血肉對抗強權的學生民主運動方興未艾。

而我一加一的人生才開始。六月五日，坦克車輾過肉體的畫面在各個媒體不停放送，我正在老家祭拜祖先，進行訂婚儀式，和我的另一半許諾牽手走遠路。

曾獲金穗獎最佳紀錄片《我和我的T媽媽》，那位來自雲林北港小農村的T媽媽，沒機會受什麼教育，七〇年代她到臺北的工廠打工，然後在父母的安排下結婚、生子。她的丈夫是酒鬼加賭徒，還有暴力傾向，為了養活兩個小孩她開始加入牽亡的陣頭，最後自己組團自立門戶，也為了躲避丈夫，帶著孩子逃離出租公寓四處漂泊，一輩子交了許多女朋友，勇敢尋愛。片中，導演女兒黃惠偵問T媽媽，人生如果可以重來，還會想要結婚、生子嗎？T媽媽堅定回答，不會，因為，「我想要自由」。

許多年後，我也會被問到類似問題，我的答案和T媽媽一樣，只是，我們都知道，人生不能重來啊，一加一之後，想要自由，只能在婚姻中。

三十多年前，在燈光昏暗的迎新舞會裡，初次相見一起跳了幾首舞曲之後，輕柔的布魯斯音樂聲中，他的視線落在我的唇與下顎，看著說出這樣奇特的句子：「我心目中伴侶的樣子就像這樣。」這不是瓊瑤三廳電影的對白，也不是范柳原對白流蘇說的話：「有人善於說話，有的人善於笑，有的人善於管家，你是善於低頭的。」他是農家子弟，代表不擅言辭的厚唇更透露樸實穩重的特質，所以從他口中說出的話絕對不是浪漫，我輕輕一笑，當作是旋轉的七彩霓虹燈讓人看不清楚的氛圍下，就連不耍花招的愣小子都昏了頭。

然後，那個人把我當做命定之人從而展開交往，學生時代、服兵役、在國外工作，長跑七年後步上紅毯。婚姻生活，不能說無波無折，火花甚少倒是真的。我自己對愛情、婚姻都沒有特別想像，只是當作人生必經的過程，然而當罹病確診的那一刻起，從兩人到三人、五人再回到兩人，平淡的婚姻生活似乎也開始起化學作用。他的身分從陪病者到營養師、膳食官，我除了病人角色，其餘工作都是他的。為了了解出院後如何料理我的膳食，他吃了半個月的醫院特甲餐，護理師、清潔工，甚至美食街的店員，聽說他一日三餐都訂醫院餐，都露出欽佩的目光，按照這些人的說法，那樣一成不變、味道清淡的食物可以吃上兩三天就很難得了，而他總共吃了四十五餐。

術後三個月、化療副作用暫緩的日常，我準備去散步，順便買牛奶包子等輕便食品，斜背包上身，裡頭裝著零錢包、紙巾、鑰匙等隨身物品，帽子、口罩戴好，去和豔陽奮戰。而我先生呢，那個一絲不苟的理工男，按照日程預備幫狗狗洗澡，幾條大毛巾、吹風機備好，洗完，擦乾，吹乾，再擦再吹，這個工程要進行兩個小時左右。之前我是助理，會在一旁幫忙遞毛巾，拿吹風機，現在他只能自己完成，這意味著未來很多事他都只能自己完成，不知道他會不會覺得孤單？

罹癌的事，改變的不只是我的人生，是一家人的人生。臺灣癌症時鐘年年快轉，從二〇〇二年每八分鐘一人罹癌，到現在每四分鐘就有一人罹癌，背後是七十萬癌症家庭。

我先生樂在工作，努力賺錢，突然發現如果我不在了，他一個人根本不想花錢，也就沒有工作賺錢的動力。每次C醫師來，他就跟C醫師說，如果有更好的藥或治療方式，我們可以自費。問多了，C醫師都被問煩了，回一句：「現在很多健保都給付了，我們的健保藥很好了啦！」

我先生不是不知道，錢不能萬能，看看嚴凱泰、郭台銘太太及弟弟的例子，再多的錢也救不了自己或家人的命。他知道，他只是努力、盡力。

最近，我先生的口頭禪是「我退休了」，是，他幾乎不工作了，但是偶爾工作起來仍然十分較真。有一次他的員工犯了一個不小的錯誤，他大概開罵了一個小時，中途休息五分鐘是為了給比比吹乾毛，因為這是比生意更重要的事。然後繼續開罵，終於事情告一段落了，他再出現時，我說：「有這麼生氣？連開飯時間都誤了。」原本準備我的三餐是他這位膳食官的重責大任，聽了我這句話，他露出尷尬笑容，趕緊去備飯。但是我喜歡誤了備飯的膳食官，我希望他多做點自己的事，不要把生活重心全放在我身上。因為生病，我彷彿看到我從前沒看過的親愛的。

12 我現在準備離別的是……

葛文德這位醫師說：「行醫有行醫的藝術，生病也有生病的藝術。」一個病人必須知道什麼時候該聽別人的話，什麼時候該好好說出自己的意見。身為病人，我還在好好修煉病人的藝術。

楊澤的詩句：人生不值得活的，這個句子很吸引人，就像太宰治《人間失格》裡頭一再強調的「生而為人，我很抱歉」，悲苦的基調比歡樂的辭彙更讓人激動。

不管是動完手術，病理報告出來，或是出院後回診，醫師都沒有跟我談預後，或是五年存活率的問題。以現在的醫學而論，迅速而置人於死地的疾病已經很少了。如果得了重病，一般人都會積極接受治療，經過一段時間的努力，病情一再惡化，實在無可抵擋病魔的腳步，死亡才會降臨，如癌症末期、失智症、帕金森氏症以及漸進性的器官衰竭等。以我的狀況，腫瘤切除了，我的術後護理也很成功，醫生覺得至少現在談五年存活率沒有意義。北極熊寶寶目前在那個艱困環境的存活率只有百分之二十，但是小熊寶寶，熬過了冰雪融化的春天，熬過了食物匱乏的夏天，到了冬天牠就要離開母親獨立生活，但牠對這個世界仍然充滿興趣。一歲多的小熊寶寶都知道珍惜生命，何況我一甲子的人生有滋有味，仍想要繼續品嘗。

某天在電視上看到前立委楊玉欣接受訪問，談的是病人自主權的推動，《病人自主權利法》已於民國一〇八年上路，是我國第一部以病人為主體的醫療法規，也是全亞洲第一部完整地保障病人自主權利的專法，強調病情告知本人、意願人具有選擇與決定權，以及透過預立醫療決定書保障五款臨床條件善終。主要是談善終的病人自主權，但立法精神也擴及任何一項醫療行為。

我想我是沒有資格談病人自主權的病人，因為自從例行健康檢查在婦科超音波看出不尋常之後，我為自己的病做的唯一一件自主的事，便是去找我一向信任的家庭醫師，目的是確認健檢中的「未明示狀態腫瘤」的狀態。除此，接著的任何一項醫療行為，即使醫師（主治醫師或住院醫師）對將進行的手術做了詳盡的說明，我也只是被告知，而不是詢問我的意見。這樣的醫療行為結果可能是怎樣？有沒有其他的選擇？你同意嗎？我應該是同意的，因為我簽了同意書，然而和大部分病患一樣，我們對於病情被告知與被治療的選擇沒有自主權、優先權，沒有預先的醫療計畫，譬如當我遇到什麼情況我要如何治療，雖然目前這個狀況尚未發生過，並不代表以後不會發生。而且當衰老疾病死亡漸漸奪走個人身體、削弱意識時，以我們和社會的關係，親人家屬朋友，往往擁有比我們自身更大的決定權。

醫學當中最主要的困境就是有太多不確定性，醫學的發展也到了不再是醫師高高在上專斷決定一切的時代，大多數的醫師也認真把決定權交到病人手裡，但很多時候病人希望別人為他做決定。有一項研究調查發現，一般人發現自己得了癌症，百分之六十四的人表示要自己選擇治療方式，但調查對象若為剛診斷出得了癌症的人，則只有百分之十二希望自己做決定。《一個外科醫師的修煉》作者葛文德，在他的孩子生病時，當醫療小組得決定要不要為孩子插管時，醫師父親把決定權交出去，他希望醫師團隊做決定。葛文德這位醫師說：「行醫有行醫的藝術，生病也有生病的藝術。」一個病人必須知道什麼時候該聽別人的話，什麼時候該好好說出自己的意見。身為病人，我還在好好修煉病人的藝術。

那麼我知道自己的病情嗎？謹慎的C醫生一貫的說法是，一步一步來，意思是還沒走到那一步前，他不會多說什麼。記得我第一次詢問：我的病嚴重嗎？醫師沒有回答我，大約是我的問題太不精確，什麼是嚴重？如何定義？每個人對嚴重的體會都不一樣，而且對於行醫數十年的資深醫師，看過太多嚴重病患，也許每一個病患於他都是獨立的個案。

當治療走到這個階段，問自己的病嚴重不嚴重這個問題也是多餘的，反而是利用時間對我來說是重要的。葛文德《凝視死亡》提到心理學家卡騰森說：「我們如何利用時間，取決於我們覺得自己還有多少時間。在你年輕健康的時候，你認為人生的路還長得看不到盡頭，你一點也不擔心自己會失去能力。有人會告訴你這樣的話：『這個世界完全在你的掌握之中。』或是『只有天空是你的極限』。為了更光明的未來你願意投資多年時間以培養自己的技能，並尋求資源。……然而如果人生的地平線近了，你發覺你在世上的日子不多了，而且充滿變數，你就會專注在現今，比較重視日常生活的小確幸和身邊的人。」

「只有天空是你的極限」，多麼迷人的句子，當下對於這個句子我只能讚嘆卻不能擁有。葛文德《凝視死亡》書中說了一個故事，一九八五年古生物學家古爾德寫一篇文章，題目是〈小心別上了中位數的當〉，古爾德得了腹間皮瘤，這是一種罕見而且致命的癌症，確診後他就去醫學圖書館查閱有關此症的最新科學文獻。他得到的訊息再清楚不過了，腹間皮瘤是一種不可能治癒的惡性腫瘤，自發現開始，平均存活時間的中位數只有八個月。這是個讓人心碎的消息，接著他開始研究病人存活時間的分布曲線。他是自然學家，當然不會只看中位數而是特別去注意變異，他發現其中有很大的變異，並非所有的病人都集中在存活時間的中位數，事實上大多數的病人都分布在曲線的兩端。此外整個曲線的右邊是很明顯的長尾，表示很多病人的存活時間可達很多年，遠遠超過八個月的中位數。這樣的曲線帶給他很大的安慰，他想像自己就像那些處於長尾的病人，還能活很久。果然，他在接受手術和實驗中的化療新藥治療之後，又活了二十年。

我那有信念的小妹並沒有看過這個中位數的故事，但她知道選擇對自己有利的數據，信心滿滿地走下去；少數知道我罹癌的朋友告訴我，他一位朋友也得了這個病，過了好幾年還好好的，此刻他正要送一碗雞湯去給她補補身子；兒子的高中好友在他們同窗時母親就得了同樣的病，而現在他們都三十而立了，母親還在守護著他……這些例子都鼓舞著我，時間不是問題。

罹患疾病初始，我要告別的不是壞習慣，不是幸福人生，而是未來。此刻，我的信念是，病已經治好了。以後會不會再生病？可能會，或可能不會，不過那是以後的事，不是現在的我該去煩惱的事。我躺在床上，一張加大雙人床，床墊品質甚佳，是我喜歡的軟硬適中。戶外酷熱三十四度，室內是輕涼的二十六度。屋內燈光寂暗，只有顯示冷氣在運作的那一螢黃燈。手機的蘋果音樂播放著紐約愛樂演奏的古典樂曲。就在此刻，還有多少時間，這個人生課題將要如何進行，會寫到哪裡，能不能寫完交出去……

不管還有多久，我只想和家人留下美好的回憶，寫作的人知道，生命的盡頭，回憶很重要。回憶是行進的舵，我們依賴回憶知道我們走過的路，讓回憶帶著我們繼續向前行。

輯二——回應與祝福

當癌症時鐘敲響時
讀林黛嫚的《彼身——被指定的人生課題》

龔華▼詩人、臺北榮總同心緣聯誼會（乳癌病友關懷團體）創會會長

一、雨豆

認識黛嫚近三十年，因寫作結緣，因咖啡香展延友情。黛嫚的記性真好，對周遭事物觀察敏銳，是天生的小說家。她說她在常去的一家咖啡館見過我，我就坐在她的斜對面。我試著回想那次初遇，相見而不相識，咖啡館有很好聽的名字，叫「雨豆」，在離中央日報大樓不遠的長安東路上，因為喜歡雨豆的名字，被那家咖啡館深深吸引，也因特別的情懷裡連結著一個留在印象中的傳說：在雨豆樹下許願，容易美夢成真。其實就算是傳說，天蠍座的個性，使我選擇相信，那時我因病離開職場，「文學歸隊」

路上，沉浸在創作的想像中，無論陽光、陰雨，來到雨豆樹下，飄落的靈感，釋放病體裡困頓的靈魂，正是我所需要的。

聽到我說「雨豆」的名片我還留著，估算至少已近三十年了，她十分驚訝：「還留著？你這個人真會留東西！」她個性直率，慣常用這種語氣，呵呵的「譏笑」我！

二、美麗春天

她是一個這樣的女孩，創作之外，企劃製作、文化活動、編寫教材、文學評審、編輯出版等等，似乎沒有一項能難得倒她；文化發展，社會觀察，均有獨到的見解。沉穩的外表包藏的是一顆活潑的心，她永遠好奇，熱衷探究。喝點小酒、唱唱卡拉ＯＫ、追寶可夢、打怪、上舞蹈課、追劇、泡咖啡館，旅遊，愜意自如地享受人生之外，無非努力的為自己開展更廣闊的人生視野。從鄉下漂流到城市，她帶著純樸而來，在都會裡品嘗人生百態，體驗多樣面向的各種可能性與意義。

　　三十年間，我們經過咖啡與寫作認識彼此，友情也隨之在天南地北中延伸。我由天母搬遷到新店，從天母磺溪到新店碧潭，有溪堤的清幽，有湖面的遠闊，有一個接一個的美麗春天，有孤雲，也有閒愁。漸漸發現黛嫚個性沉穩、自主，獨立思考中帶著果斷，很少見到她猶豫不決，也很少見到她緊張不安。記憶中卻有一次深刻的印象，是在她博士論文口試前一兩日，她約我到常去的幽靜湖邊咖啡廳「美麗春天」——那被我戲稱為我倆約會的祕密基地。那天她帶著筆電前來，開啟簡報檔案，要我充當考場老師，聽她發表；為精確掌控應考講稿內容、速度、時間，她一本正經、字正腔圓地模擬一場口考。漸漸我更明白，認真用心是黛嫚成功的不二法門。

三、愚人節

不久以前，二〇二一年十二月，林黛嫚教授獲頒優良教師獎，她謙虛地說，只不過是「一堆挫折中，一點小確幸」。從攻讀博士學位到獲得大學教職，到馬不停蹄地備課教學，這一路以來的努力，我親眼所見，她得獎的一點小確幸，昂揚起我內心的激動，身為知友，深感於有榮焉。

也是不久以前，二〇二二年春天，四月一日，黛嫚傳來私訊：「二十九日（三月）健康檢查，卵巢有四公分的腫瘤，昨天去臺大癌醫看診。四月十一日，照斷層掃描。」這是愚人節午前，冷冷的電腦螢幕上沒有多餘的文字，玩笑與事實難以分辨。向來自認身強體健，一夕之間，被迫踏入癌症設下的凶惡陷阱。

為什麼是我？問再多為什麼也是枉然，徒增傷感的問題，不會有答案的。從小學老師到報社主編，從小說家到文學家，從大學教授到大學優良教師，在在意味著每一個階段的獲得，都是自己努力的付出，直到突如其來的身分流轉成為重症病人，她該如何應對？「從前許多階段，是我自己想要、努力爭取的，現在這個階段，是命運要我接受的。」黛嫚應該是極不甘願的，為了說服自己服膺命運，她努力尋找「命運領著我們所有人向前走」的徵兆，她回想起多年前瑪琳峽谷深處的那日景象：

一九九八年秋天，我和曹又方站在落磯山脈最深的峽谷瑪琳峽谷（maligne canyon），松林步道旁即是深達數十公尺的峽谷，較窄處幾乎快看不到河水了，即便大太陽的天氣陽光也照射不到峽谷深處，眼下是類似一線天的景觀，只不過不是往上看天空，而是往下看河流。我們在看什麼呢？望進峽谷深處的目光似乎無處投射，感覺是時光在看著我們，未知的遠方時光。

未知的遠方時光，原來早已凝視著我們，一路跟蹤至今，游移天際的孤雲，等候在「遠方時光」的窗口，此時，翠綠的山林，沒有風動，一片寂寥中卻彷彿聽見悲傷的謠傳；虛幻與真實的交錯陰影，正愚弄著被蒙蔽已久的世間命運。

四、平靜的痛苦

黛嫚形容，於手術後躺回病床時「只覺得冷，無邊無際的冷」：

我是怕熱甚於怕冷的體質，一年到頭很少穿襪子，最常用來解釋穿襪子的理由是為了禮貌，這次會在整理住院行李時放進一雙襪子，也是拗不過好友的叮嚀。

就從穿上襪子開始，此身已然成了彼身。

曾經再熟悉不過的此身霎時淪為「彼身」，難道祕密就藏在一九九八年連陽光也照射不到的落磯山脈瑪琳峽谷深處、那一線天的詭譎裡？祈求從老天爺手裡奪回生命的鎖碼，進行解密，終究是不可能的。當那「一線天」瞬間墜落成黑洞的祕密時，我們只能卑微的在流傳已久的隱喻中窺看端倪，在「除魅」理論中自我療癒。載沉載浮的肉身需要救贖，被綑綁的靈魂需要釋放；進而求諸心理諮商的深度對談，尋求釐清此身的清白處境，與彼身達成和解。

被指定為人生的必修課題，沒有討價還價的餘地，但疾病的探索之旅仍要進行，不明來由的劫難必須釐清。我們這時也才隱約察覺，命運如一艘潛水艇，在海底詭異巡航，默默監視著海面上的寧靜。從此「平靜的痛苦」鑽入靈魂，在往後的日子裡，如影隨形，與我們血肉相連。

五、人生考場

家族病史、遺傳因素、醫治療程，心理分析，甚至疾病預防等醫學知識，她全方位努力蒐集資訊，大量研讀，做了深度探索；於家族遺傳的探究上，與自身比對，試圖為基因奧祕解碼，甚至如近年來才被重視卻尚未普遍被告知的BRCA1與BRCA2基因缺陷導致乳癌、卵巢癌的因素，都有認真的心得研究。

黛嫚說過，她是一個不願意服輸的人。她真正妥協了嗎，尚未得知？但她在獲知罹癌初始階段也曾經抵抗，在心不甘情不願地將自己推向「接受」的現階段裡，暫且弭平憤怒，再一次發揮一貫的研究精神。這次針對的主題是：「被指定的人生課題」，研究對象是攸關己身的生命密碼，研究方法是收集各種醫學資訊、疾病衛教、健康知識，以進行辯證與精進探索。

為期待的研究結論殺出一條血路，為了美麗春天的再度來臨，她百般努力，再一次展現毅力決心。這次全力以赴趕往的人生考場，是天地宇宙，主考官是她自己，考生也是她自己，她要針對生命的大哉問進行激烈的答辯。

六、迷思除魅

不曾忘記，蒙在棉被裡大哭一場以後，從陰濕濕的黑洞裡鑽出頭來，我還是決定在進行手術前，回到出生地的南部小鎮。我渴望再一次享受南臺灣的大好陽光，過早離鄉的我，想念著曾經錯過的年少時光，那空白的歲月需要補償，但還來得及嗎？不甘願哪！孩子尚稱年幼，我頻頻追問，方才年過四十的我，是哪裡出了錯？我與上帝討價還價，讓我換取幾年時光，直到陪孩子長大。其後，在服務乳癌病患的經驗中，遇過不少病友瞞著鄰居、工作單位，甚至不敢讓夫家知道病情。在我協助北榮創辦的癌症病友關懷團體的成立大會上，兩位記者相繼問到，我是否介意因受訪而曝光，此情此景令我再一次意識到，社會仍存在著疾病是種懲罰的偏見、癌症如同照妖鏡使罪惡現形的迷思。

原來，血淋淋的抗癌路上，疾病的隱喻卻活生生地無所不在，罹癌的焦慮，極大部分來自犯錯與懲罰的聯想。個人或集體的偏見，使我們「同時需要接受可能隨之而來的種種從別人投射而來的想法與歧視」，我們又當如何「除魅」，以理性客觀的醫學角度破解迷思？

是否真正能夠接受罹癌的事實？答案依舊反反覆覆，為什麼是我？為什麼不是我？心緒起起伏伏，但能確定的是，身為虔誠的文學信仰者，黛嫚更在意的是疾病與文學的交互意義，她不能白白生這場病，將自己的疾病經歷，透過文學書寫分享、進行理性溝通。她也彷彿在說，一場浴火重生的蛻變，換取一場生命的透徹洗禮，能夠重新檢視生命的意義，是值得的！黛嫚認為，作家有責任與讀者分享、溝通、共勉，她問我，不是嗎？

七、生命書寫

黛嫚傳來了著作《彼身——被指定的人生課題》，我有幸先睹為快。才歷經一場不小的手術，化療也剛結束不久，黛嫚已將罹病過程整理成書，速度之快，令人難以想像。

雖然黛嫚不願接受癌症這天上掉下來的「禮物」，但轉念之下，她不得不視之為一種生命遭重擊之下的「獲得」。畢竟，探究人生是文學家的使命，她要弄清楚各種意義的存在，包含宇宙、科學、時光、命運等等；我也恍然意識到，晴天霹靂之下，她內心承載的是更多對時間感的「迫切」掌握。相對於多數癌症病患，她似乎更努力跳過所謂的悲傷心理五時期的「否認」（Denial）、「憤怒」（Anger）、「討價還價」（Bargaining）、「沮喪」（Depression），將自己快速推向「接受」（Acceptance）的階段。從潛意識裡爆發出的力量，令她迫不及待對生命作出交代。她不想浪費生命，她急著與時鐘上的秒針賽跑，連一場不甘願的人生際遇的體悟也不想浪費。她整理出十二個篇章，一字一句以血淚記錄下生命歷程。

從健康檢查發現蛛絲馬跡到質疑、追蹤，從輾轉於腸胃科、家醫科、婦產科間尋求答案到確定診斷出惡性腫瘤，一步步推向命運的凶險的寫實描述，令人驚心動魄；囊括疾病診斷、家族病史、遺傳基因，醫療保健，甚至心理分析等醫學領域的書寫篇章有〈我必須自己克服〉、〈基因密碼〉、〈我不在的地方〉、〈我現在準備離別的是……〉、〈人生是值得活的〉、〈傾聽身體的聲音〉等等，內容充足而詳盡，綜合呈現出知識豐富的疾病書寫。除此，與健康、疾病的相關情節也出現在溫暖的家族書寫中，如〈母親的笑顏〉、〈爸爸牽著我的手〉、〈親愛的〉等，深情道出如何從貧困的幼年生活一路走來，娓娓敘述著母親病弱的早逝、父親的晚年失智、七姐妹名字的喻意所蘊涵的父親對綿延子孫的寄望、婚姻裡親愛老公的陪伴，以及多位罹癌姊妹與家族病史的關連。

「未知的遠方時光」終於降臨，當癌症時鐘敲響，林黛嫚寫下《彼身——被指定的人生課題》，這本書裡有醫學與文學的交集，也有疾病書寫與家族書寫的合而為一。

有催淚的感人親情，也有最嚴峻的生命拷問，是林黛嫚最深刻的人生紀錄，也是一部血淚交織的生命書寫。

輪迴中的相遇與釋然

──釋永芸▼前《人間福報》社長

我調派到大陸後，與臺灣藝文界的朋友少有來往，而黛嫚是還保有聯繫卻也幾乎「失聯」的一位。

農曆二月初二意外收到黛嫚的書稿，那晚才看了開頭就不忍再看下去，往事塵緣讓我一夜難眠。晨起，窗外竟是一片殘雪，都快三月了還下雪，這應該是今年最後一場雪了吧？

說起與黛嫚不可思議的因緣，雖是偶然，或許也是輪迴相遇的必然。

忘了是哪一年，我因為得到救國團徵文「金獅獎」，雖不是教師，卻被團主任推薦參加「中小學教師復興文藝營」，在營隊頒發學員作品獎時，第一名從缺，第二名林黛嫚，我得到佳作，才知道林黛嫚就是睡我上鋪的室友，只是很少見到她。文藝營結束，各奔東西，我因為出家了，專心佛道，便與塵緣漸遠。

我在普門雜誌任內，因採訪孫立人將軍夫人孫張清揚女士，當時中央日報副刊主任梅新找到我，並獲邀參加《中副》活動。那天或許是看我孤身一人，女孩向我走來真誠一笑：「我是林黛嫚……」，我忽然想起什麼，試探聊到那年文藝營之事，她熱情大方說：「記得記得。」那次重逢，一僧一俗因當年的因緣再度開啟了日後更深的緣分……

多年後，星雲大師創辦《人間福報》，我從紐約回臺接任總編輯兼副社長，也成為報業公會的理事，與各報時相往來。又因我「作家」的身分，更多參與藝文界的活動。幾次與黛嫚相處，在她身上，我看見了自己的身影。我們有太多相似處，卻又走出不同的人生，同樣的是都在寫作上「自我療癒」。後來聽說《中央日報》停刊，我疼惜她的才情，熱切力邀黛嫚來《人間福報》，她也義不容辭相助，創下人間福報藝文盛事，從而建立了我們的「革命情感」。

謝謝黛嫚願意把書稿讓我先睹為快，她毫不保留、鉅細靡遺地記錄病中過程，也為我們科普了有關醫學病症的知識。在她「病中書」的回憶裡，我似看到過去的自己，一個活在宿命無助的女孩……父親為了得一男孩，母親總是大腹便便，我家也是七仙女，沒有男孩終成為父親的遺憾！（而日後我的出家，不也是想成為「大丈夫」嗎？）

當年我師專未考上，由於姊妹眾多，在父親「曉以大義」下，捨棄高中進了商校。工作幾年後，因未忘情文學，仰慕當年臺大葉慶炳等幾位重量級「大師」，選了臺大夜間部，而當年剛從哈佛回來的柯慶明老師，給我們講「境界的再生」，開拓了我的視野。我也曾參加臺大晨曦社聽佛學，參加文星社的文藝營；當我晚上奔走於文學院大樓，坐在傅鐘下看著那些帶著夢想激情的青年男女，傅鐘卻敲醒了我人生未來的路……

看完書稿，回憶如潮，捲起千層浪，褪去過往，我們從青春年少走過一甲子，書寫自己的人生，未來不知，故事也還沒結局。

連日陰冷，天忽然放晴，我的心也豁然開朗，坐在陽臺，喝著茶似乎聞到咖啡香（那時在《人間福報》，黛嫚總是手捧一杯咖啡進辦公室），遠方層次分明的終南山在我眼前如一尊臥佛，想到我們一僧一俗，熱愛文學，從事文字工作，筆念眾生，但人生的課題還須自己親歷體悟！

以我對黛嫚的了解，她的善良、正直、義氣、堅韌，必定會珍惜身邊人，絕不輕言放棄。經過這次「大病」，對生命重新審視，一切釋然，相信她的未來會更圓滿。

反抗與求生的意志

蔡素芬▼作家

人生最大的疑惑和恐懼應是死亡的威脅，因而疾病發生時，抗拒與治療是必然的積極求生過程。生老病死雖是一個生命循環，如果可能，我們都希望快樂的生老，延長生之喜悅，享受美好人生。對美好人生的企望，也可說是相對於病痛而存在。

病痛卻會無預期的發生，尤其是萬病之王癌症找上門時，如何面對？如今的生活環境和型態，各種疾病都是我們人生隱隱的威脅，因環境而來的威脅尚不可控，基因裡帶來的，更是莫可奈何，只能積極迎戰。

和黛嫚相識於我們的青春年華，雖不是常時相處，但每次見面，她都是一副健康充滿活力的樣子，而且她善於管理時間，有足夠的聰敏，在工作和學業上，每隔一段時間就有精進，職涯一直在往上跳躍，不但主編《中央副刊》，還涉獵出版，活躍於文化活動；拿到博士學位進入淡江大學任教，見面時都還孜孜談論專注的研究和教學內容。從來沒聽她說過因同時做著多種事情而疲累，甚至她看起來根本都精神很好，如今卻要面對基因裡命定的疾病因子，展開抗癌生活。

得相信黛嫚的務實和有條有理，可以克服治療過程的磨難，她也一如積極而善用時間的個性，利用治病養身的這段時間將罹癌過程記錄下來，從為何罹癌的疑問，追索家族基因密碼，而串連了家族的源流，整理原生家庭和自我成長之路，有意的藉疾病回顧人生的所來徑，寫下罹癌的處境，及對未來人生採取的態度。如此清清楚楚註記發生於自己身上的疾病，相信不但是自我身心療癒的一部分，也能幫助有類似狀況的讀者更警醒自己的身體，並建立有建設性生活態度。她在文末說，可以把餘生用在感受上，並和家人留下美好的回憶。做為一個文字創作者，感受，與透過文字陳述感受，留下事實與記憶，始終是念茲在茲的事，她也克服抗拒癌症的心理障礙去實踐它，從字裡行間傳透看待生命的細緻情感。

對癌症身世和治療發展詳加敘述的經典之作《萬病之王》，作者辛達塔．穆克吉遍述各種癌症相關的有力資料，他在書中說「對抗癌症的故事，將是充滿創造力、還原力和毅力的故事」，黛嫚以她的筆力陳述個人對抗癌症的過程和思考，展現了求生的意志力和對生命的感受力，正是以個人故事展現對生命的熱誠和毅力，同時也鼓勵有相同經驗的人，可以以更積極的態度看待疾病。

癌症治療從一九四〇年代化學治療與放射治療開始運用來補強傳統切除術的不足後，不斷精進，許多癌症已可受到控制，但它仍然是個複雜難解的威脅；對疾病的反抗意志，使研究者積極研發新的治療方式，也使罹病者以闡述經驗去對抗疾病的侵害。兩者都對癌症的認識和治療提供貢獻。

黛嫚熬過治療的辛苦，以此書誌記病史與對待疾病的態度，即使是健康之人，讀後都能深刻感受每一個活著的當下都是珍貴。謝謝黛嫚對珍惜當下的啟悟，也祝福黛嫚維持健康之姿，享受當下，持續記錄美好人生。

從此身到彼身

詹玫君▼作家

二〇一七年黛嫚獨自飛到密西根，在我的住處待了十天。那是我們離開女師專以後，日夜相處最久的一段時間。重溫年少時舞會瘋狂的舊夢，黛嫚買了一瓶 Glenlivet Single Malt Scotch 威士忌，我提了一桶冰塊，兩人各持一只酒杯，在空曠的地下室，布置起聖誕節留下的五彩掛燈，隨著 Fine Young Cannibals 的 She Drives Me Crazy 和 Yaz 的 Don't Go 手舞足蹈，喧騰數小時，一直到兩人精疲力盡，四肢動彈不得了才收場。

那時候我領養的 Kuma 還在。黛嫚和我沒有開車出外遠遊的時候，早晚一回，兩人牽著十二歲的牠，在社區道路及外圍的步道上散步。從一起在女師專青年社負責校刊編輯，到希代出書，然後各自在不同的國度，埋頭行進，一直到邁入中年，離開職場的感慨，兩人聊不完的時光遷移和人事點滴。Kuma 雖然年紀大了，但是牠亦步亦趨，配合著我們的步伐，表現乖巧。那時黛嫚還沒有比比，但我可以從她注視著 Kuma 時眷愛的眼神看出，她大概已經開始萌生要養一隻小狗的念頭了。一年後，黛嫚告訴我，比比正式成為她家中的一員。我那時心裡就想，多麼幸運的一隻黃金獵犬啊！隔年六月，Kuma 的獸醫告訴我，十四歲的牠，體內有幾處不明原因的內出血，治癒無望。牠的過世一下子把我推進了一個黑暗的深淵，極力掙扎了將近三年，才緩緩探頭出洞口。

一九八九年我赴美求學，後來在美就職定居，之後和我持續有往來的朋友不多。主要的原因是我生性孤僻，不愛群聚，嗜獨處。加上年紀漸長後，對人情世故、社會百態的好惡堅持依舊，能夠長久下來的朋友多半是舊識。在屈指可數的朋友中，黛嫚是一個異數。她在她父親一心期盼男孩後接連生下的七姊妹中，排行老五。我則是兩個在原生家庭中排行老大的父母，新婚後第一個降生的孩子。跟隨著排行而產生的定位感，很明顯地讓我和黛嫚在成長中，對人生的要求和滿足差距甚遠。結識少年，除了兩人對文學的愛好是最大的交集之外，個性上及其他方面，我和黛嫚是站在分配曲線的兩極。黛嫚先走上婚姻之路。結婚後緊接著懷孕生子，十幾年跟著婆婆、先生、小孩和諧共處在一個屋簷下。從兩個兒子搖擺學步到進入大學，逢年過節幾乎都是全家大小一起度假出遊，一直到婆婆過世為止。在那期間，起居在一屋子老少喧鬧之間，黛嫚規律作息，創作出書，運行無礙。看在我這個從進入青少年期後，孤寡成性，成年後連跟自己父母都極難共處的人眼裡，真是天方夜譚！結婚前，我向黛嫚傾訴自己對於兩性差異的不滿，以及對現代婚姻制度的質疑。黛嫚聽了後直搖頭。她對我面對人性時彰顯悲觀，驚駭的程度，就如我對她一逕容忍、擁抱逆境的看法，同樣感到無可救藥。處人事，兩人沒有半點交集，但我和黛嫚的因緣情誼卻跨越了四十年的時空，和一整個太平洋。

二〇一七年黛嫚來訪，她要返臺時，我沒去送行，只請先生一人載她到底特律機場。站在門口看著先生把黛嫚的行李一樣一樣放進車後座，舉手向他們揮手，本想說：有機會要再來看我。但眼眶溫熱，腦海裡一時浮現的竟是杜甫《贈衛八處士》中最後的兩句：十觴亦不醉，感子故意長。明日隔山嶽，世事兩茫茫。目送載著黛嫚的車子漸行漸遠，我在關上大門前，打了一個冷顫。

我對去機場送別親近的朋友有無法言喻的恐懼，原因起自二〇〇五年。那年十月，我回臺灣探望生病入院的父親。一個女師專的好友，惠美，到機場來送行。惠美從小和我一起長大。那次惠美的機場送別，竟成了兩人生命中的定格。之後，我對去機場送別親近的朋友，總有無法言喻的恐懼。

父親過世後，母親的失智逐漸加重。但因疫情阻絕，我有將近三年無法回臺灣。期間只能日夜在電話、電子郵件及各種網路媒體上和臺灣的親朋斡旋，想盡辦法安排母親在臺灣的看護。那是我失去Kuma之後，又再度滑進的另一個黑色深淵。陷在疫情封鎖的陰霾裡，每隔一段時間，總有黛嫚傳來的音訊。談她在淡江的教學，談她新起頭的寫作計畫，談她在臺灣文壇上的活動趣事。在那兩年多疫情籠罩，四處封鎖的暗淡時日中，和黛嫚在網路上的對話，如清流涓滴，總會帶給我短暫而珍貴的解脫。疫情與否，對於開朗外向的她，除了無法出門遠遊，稍有壓抑，她仍熱情生活，一切如常。我聽了張口結舌。但羨慕之外，不知為何，內心總有一絲不知名的隱憂。

我後來才知道，那不知名的隱憂，並不完全是來自於自己悲觀的天性。因為過去幾年，黛嫚在幾次不經意的輕描淡寫中透露過，她的兩個姊姊在進入中年前後陸續檢查出癌症。黛嫚一向對自己的健康信心十足，從不費神於遠慮近憂，所以沒有特別在乎家族基因跟隨著統計數字帶來的意義。但當比她年輕、同樣個性樂觀開朗的妹妹也跟著診斷出癌症後，她突然對自己身上的幾處不適，產生了疑慮。

我提醒她去做健康檢查。去年（二〇二二）四月初，黛嫚告訴我，根據檢查報告，她的卵巢中有一個四公分的腫瘤，可能是惡性的。腫瘤？可能是惡性？我注視著黛嫚電子郵件上簡單敘述的幾句，反覆唸了數回，一直無法在腦子裡把文字轉換成真實的意義。腦子裡唯一的反應是：不可能，不會是黛嫚。為什麼不會是黛嫚？因為，在我所剩無幾的老朋友中，癌症在十幾年前劫走了惠美，現在又覬覦我另一個親近的朋友？不會是黛嫚，我不接受。

但是，為什麼不會是黛嫚？她任勞任怨的母親，四十四歲時就因子宮頸癌病逝。

她的二姐和四姐才入中年，五年之內因癌症前後病歿。緊接著，比黛嫚年輕的妹妹在比她早半年也確診出癌症。為什麼不會是黛嫚？按照美國二〇二〇年九月發表的統計數字，百分之三十九點五的美國成年人在有生之年都會被診斷出癌症。同年臺灣的統計數字是，平均每四分十九秒新增一個癌症案例。為什麼不會是黛嫚？我仍無法接受。

我在密西根的住家附近有一個寬闊的自然公園，當中有一個大湖。沿湖環繞的步道六英里多長。黛嫚二〇一七年來探訪的時候，我們在公園湖畔一棵茂盛的橡木下野餐。時值初秋，是密西根最舒適的季節。橡樹下金風送爽，陽光燦爛。黛嫚和我分享一瓶白酒。遠處幼童的嬉鬧，提醒兩人年少不再，但我們凝視著遠處湖上波影粼粼，只覺時光靜好，無所多求。得知黛嫚確診後很長的一段時間，每次去公園，看到那棵橡木樹下，當初兩人野餐的桌旁有人聚集嬉戲，一股怨氣直衝腦門，忍不住想要一步跨向前去，對著那裡的每一個人尖聲大叫：為什麼不是你？為什麼不是他？或她？為什麼會是黛嫚？

就在我還反覆問著那一個沒有解的問題時，黛嫚已經開始進入她漫長的療程。抽血、超音波、CT，手術房。重複。化療，抽血，CT。重複。在經歷過大半個人生後的黛嫚，因為癌腫而進入了一個完全陌生的國度。接下來的是一連串的等待。在病床或躺椅上等待醫護人員的詢問，三週一次地震等待化療，化療後等待疼痛的紓解。有一次她化療結束，我問她感覺如何？黛嫚說：「經歷兩天海嘯，今天終於有好一點。不過像手腳痲痺僵硬可能是會累積的。這幾天起床，都會想，會不會哪一天不能下床了。」認識黛嫚四十幾年，知道她平日連傷風咳嗽都少有感染。聽她描述化療後有數日要承受「海嘯」般的疼痛，和喪失四肢自主的恐懼，不單只是心疼，更覺得猶如夢境。

黛嫚開始治療的那段期間，我重讀了 Dr. Atul Gawande 的《Being Mortal》和 Kazuo Ishiguro 的《Klara and the Sun》。前者討論現代人面對各種價值未定的醫療選擇，在生命終結之前，思考其中對於自身和親人的意義；後者想像 AI 超越人類的純真及執著的可能性，對比芸芸眾生的情感深度。聽我提起對那兩本書的好評後，黛嫚馬上跟進，利用每次化療後的短暫紓解，把兩本書接連讀完。每日趁著還有一點力氣滑開手機，在網路上和我討論兩書中，各種人物角色的詮釋。人情閱歷，加上時空區隔，我和黛嫚對兩本書中作者理念表達的方式，喜好不同，差別有異。但唯一不變、令我深深感動的是，每回和黛嫚對話，我都再次看到黛嫚對文學創造的專注，和體受閱讀時純真的喜悅。那不是她肉體上殘酷的病痛所能設限的。

二〇二二年五月二十二日，黛嫚在電子郵件中寫道：「這兩天精神好了些，已經可以開始讀書寫作。」那是距離她動過大手術，還不到一個月的時間。聽她接下來又開始敘述的一連串寫作計畫，在她的言談間，所有我熟悉的樂觀熱情，一下子又恢復了。我除了難以言喻的驚喜，還有極大的感動。這仍是我所知道的黛嫚。當面對命運發下的一副牌，黛嫚從不浪費精力去評論好壞。她的目光只在如何運用、換轉手上的那一副牌，讓自己成為生命最後的贏家。這是我所知道的黛嫚。

今年年初，黛嫚告訴我，《彼身》的初稿在二〇二二年十月底就已經完成，但是她猶豫不決，對於是否將自己生命中的這一段歷史公諸於世，內心仍在掙扎。這也是我所知道的黛嫚。在生命的江河裡力爭上游時，她總是環顧四周，同時想著要如何招呼應對，才不會讓所有的親朋相識，因為她的存在而感到不安，彷彿所有人的想法需求，都在她取捨考量的範圍裡。我相信這和黛嫚生長在一家七姊妹中，排行老五，有絕對的關係。但在最後的決定裡，黛嫚終究是選擇了勇氣和記憶。她在最黑暗的治療過程當中和我的對話，曾有數次質疑：要怎麼樣才能在所剩未知的生命中，做一個有用的人呢？我相信藉著《彼身》的問世，黛嫚終於有了肯定的答案。

很久很久，以後

—楊明▼作家

黛熳書中這麼寫著：「我的醫生沒有告訴我還有多久，那麼答案可能是很久，也可能是，不久。不管是很久或不久我都想知道，我想在有限的餘生排定我的優先順序。」

讀著黛熳的《彼身》，我想起了多年前的一個午後，我在報社遇到黛熳，她問我：「你究竟打算什麼時候生小孩？我給你留了兩件我特別喜歡的孕婦裝，我自己沒穿幾次，別人問我要，我捨不得，想著留給你。」我當時覺得她突然的提問有點不可思議，那時我剛邁入三十歲，心裡想孕婦裝在生小孩這等大事中實在是枝微末節啊！可是後來偶爾回想起這一段，卻覺得溫暖，雖然我終究還是沒有孩子，沒能穿她為我留的衣裙，但我明白黛熳將我看作親密的朋友，才會將喜歡的衣服留給我，如果客氣生疏自然不會有這樣的想法。

我是出版第一本書時認識黛嫚的，那時她出版第二本小說集，兩人都剛離開校園，從此我們一直維持著密切的往來。我第一次赴美旅行參加美西華人會議，同團的成員裡有她，後來又在同一家報社工作多年，即使報社不在了，我們的聚會卻持續至今。那時的我們正年輕，只知道加法人生，還不知道人生終將朝向減法，即使不情願，我們也已逐漸老去，還好一路上一直彼此相伴。

許多年前，在朋友邀約的聚會中遇到七等生，我們從一些日常的話題不自覺地還是聊到了寫作，七等生問我：「你覺得自己懼怕什麼？」我想都沒想就回答：「生病。」七等生當時一怔，顯然對於我的回答有點驚訝，他頓了一下，然後說：「我沒想到你這麼實際。」人往往是身體有恙時特別會意識到健康的重要，那段時間黛嫚幾次在我不適時送我回家，有一回我下車時，她對我說：「你這樣子也不是辦法。」還好後來找到了因由，不適也得到了解決。也是那段時間報社風雨飄搖，我們一同經歷了數次裁員，直到報社最終宣告結束，兩人一起失業。還是那段時間，我們重新回到校園先後完成碩士博士的學位，從工作到學業，性格和做事方式截然不同的我們，持續交換分享彼此的新經驗和心得，我也不斷為黛嫚的意志力和企圖心感到嘆服。

後來，當年我和七等生討論人生恐懼的那場聚會主人，突然過世，過世時不過四十幾歲，沒有患病的紀錄，當然所謂沒有紀錄，也可能只是沒有就醫因此不確定健康情況，無預警的人生突然就走到了盡頭。我也因此深刻感受到人離開這世界的先後順序和年齡沒有必然關係啊。

我想不論健康情況是怎樣的，餘生都是有限的，黛嫚的這本書提醒了我們，在剩下的時間裡，我們將如何安排日常的優先順序。黛嫚出生在一個擁有七個女兒的家庭中排行第五，在傳統觀念中重男輕女的臺灣，黛嫚卻是我認識的朋友中最有自信的，十五歲就獨自從南投到臺北求學，我覺得她一直知道自己在追求什麼，並且積極朝著目標前進，有句話說：「不要為失敗找理由，而要為成功找方法。」三十多年來，我看見的黛嫚即使遭遇挫折，也會從挫折中找到走向成功的路。我相信面對疾病，黛嫚依然會一如既往地勇敢積極。

這幾年，多數時間我不在臺北，黛嫚數次邀請我去淡江演講，她總會告訴我幾點鐘在家附近等她，她來接我。我期待著兩人在車上邊看雲邊聊聊近況，演講結束後還能一起午餐，有一回白色賓士車停下時，我打開車門，心裡想著黛嫚就是人生勝利組吧，有事業成功的丈夫和兩個高挺帥氣的兒子。獲悉她患病時，我忍不住想為什麼是她？但是後來我們相約午餐，即使是進行化療的過程中，黛嫚依然顯得神采奕奕，我原本的擔心因為見到了她的好氣色，不知不覺減輕了，除了她若無其事地說起化療中不適合吃的食物，聚會時依然充滿活力。

這是一本記錄人生的書，而不只是一本討論罹癌後如何面對疾病的書。去年黛嫚獲知罹癌後，生活出現重大的轉折，她回顧童年時母親的早逝，中年時姊妹先後患病，治療過程身體的不適，心理的惶惑與抗拒，她用文字記錄下不得不面對自己不確定接下來會怎麼樣的心路歷程，但是這本書的內容並不灰暗，如同黛嫚在書中最後寫的：「就在此刻，還有多少時間，這個人生課題將要如何進行，會寫到哪裡，能不能寫完交出去……不管還有多久，我只想和家人留下美好的回憶。」

黛嫚一直是個熱心仗義的朋友，疫情期間返臺的我數度進行隔離，黛嫚問我要她送什麼來？我說如果你有事剛好會到隔離旅館附近再說，她回答：你我之間不必是順便，可以是專程。黛嫚，我有許多和你一起的美好回憶，有些你記得，有些也許你忘了，但不要緊，忘了的那些，等我們老了，我再告訴你。

再抽一次塔羅牌

——楊隸亞▼作家

那張牌的圖像，是一名短髮的小女孩，奮勇果敢地向前走，前方明明什麼也看不見，卻有一整片美麗的彩虹正等待著她。

這張牌卡叫「冒險」。

直到今日，我還記得翻開這張牌卡的瞬間，不知怎麼忽然有點不安惶惑的氣氛，哪裡不太對勁，哪裡怪怪的，那種「不太對勁」的感覺彷彿是某個攤開所有牌卡和抽取牌卡之間，一個無從知曉的短暫時刻，有什麼人或什麼力量把這牌面暗自偷換過了。

那是在紀州庵文學館的一樓餐廳，黛嫚老師約我一起午餐和算算塔羅牌。塔羅牌之外，我還幫她看了紫微斗數的流年運勢，為身邊的朋友看盤，即使察覺什麼「詭異星象」，我並不會以警告的語氣講得嚴重，多半只會用朦朧的話語表示：「嗯，看來今年真的要注意一下，不會很如意。」而我究竟不是什麼算命師父啊，沒有什麼高強法術鐵口直斷，究竟是何處「不如意」？只能憑著向來的靈感與直覺給予貌似建議，實際上只是閒聊居多的話語。

在塔羅牌翻開之後，手裡讀著的竟然是黛嫚老師書寫自身疾病，回望人生劫難的《彼身》了。

《彼身》讀來頗有「人生走馬燈」的節奏，從發現疾病開始，回望原生家庭七千金（七仙女）的成長艱難和告別兒時貓咪大花的難受，到臺北工作讀書戀愛等日子，而鏡頭是如此多次不斷回返進出醫院的肉身。然而，《彼身》的寫作起源是傷痛之事，讀起來卻不感到是極度苦痛的「傷痛之書」，許多段落的描述口氣甚至帶有輕快乾脆的節奏，我甚至那麼喜歡它的結尾，時間還流水般延續下去，無止盡地，絲毫沒有結束的意思。

其實，我對「年輕時的黛嫚老師」印象極深刻，曾在副刊看過她寫文並分享大學時期的照片，那麼酷，短髮時髦，細膩內斂的眼神，那是一雙很懂默默觀察世間的眼睛，好像能把人世間的事物通通看個清楚明白。

我為黛嫚老師占卜時用的牌，叫奧修塔羅牌。這副牌與所有塔羅牌不同的是，它有七十九張牌，比普通塔羅牌七十八張多出一張牌，那張牌叫「師父」（The Master）。人生不同階段，有時父母、前輩、醫生會是我們的師父，而有時我們就是自身的師父。

那時抽到小女孩「冒險」牌卡的黛嫚老師，如今值得手握一張「師父」牌卡，只有我們最清楚自己經歷了什麼，看見了什麼，感受了什麼。

如果再抽一次塔羅牌，我幾乎能看見黛嫚老師一手拿著蘇珊．桑塔格所說的「健康王國」的護照，另一手拿著「師父」牌卡，穿越邊境，重新回到隊伍裡。

她就是自己的師父。

後記

本劇純屬虛構

華文領域裡大家的認知散文是真實的，不過有段時間非常流行虛構的散文，有位小說家寫了一本書，裡頭的篇章得了很多散文大獎，最後結集成小說集出版，於是大家都知道那是虛構的生活，因為創作者既沒有失去聲音、視力好好的、當時還不是父親自然無從和吾兒對話。身為教文學、創作的教師，我對這個問題十分執著，有一次，收到一本文學讀本，看到主編分析一篇得到散文大獎的虛構散文，一開頭就說：「這是作者的親身體驗」，虛構與真實的辯證在此強烈發酵，而較真的我甚至想打電話給主編或出版社，說這部分可能寫錯了。

我多麼希望可以在《彼身》的扉頁放上這麼一句：本劇純屬虛構。如同我先生曾發出的喟嘆，「過去這幾個月真像一場夢」，對他來說，也希望這段陪病經驗只是一場夢，即便再真實的夢，醒來後，安撫受驚嚇的心，告訴自己只是一場夢，我們依舊可以在原來的生活軌道上繼續前行。

被這巨大的變故重重擊打，我其實嚇得愣怔當下，無法動彈。我先生說，你只要好好活著，什麼都不必做。於是持續做化療，掙扎於痛苦的副作用，也希望能慢慢把開刀後受損的身體一點一點拯救回來。然後「什麼都不必做」的時間就用來記下點點滴滴的過程。

一方面跟著療程走，一方面回思基因密碼啟動前後的人生。

那天離開心理諮商診所，往捷運站的路上，我在路邊的小公園坐了一下，回望身後的大樓，每週來這兒和心理諮商師聊一小時，是過去五個月珍貴的活動，從一開始每每泣不成聲，到後來可以寧靜地梳理自己的情緒，這是多麼難得的成長。我常常跟諮商師說：「我在家裡都好好的，來你這裡才會覺得痛苦。」諮商師笑著回我一句：「不去健康檢查就不會生病。」分析自己罹病時，大部分人會覺得無助，而我形容自己的詞句是「無能」，原本我的人生自己掌握，為何現在我這麼無能，無法向命運探問?當諮商師說我的療程可以告一段落時,我想在這段刨肉剔骨的過程中,命運已經給了我答案。

因為不知如何對人說起罹病的事實,只有家人和少數朋友陪我走過艱辛的治療,旅美作家好友、也是心理諮商師玫君鼓勵我把罹病經歷寫出來出版,「當把整個過程寫下來,那表示說,你並不恐懼面對自己肉體和精神上創痛的歷史。有些人沒有辦法走到這一步,因為他們無法回頭去看自己受過的血淋淋的折磨。但是你不同,因為你是作家,你選擇記錄見證自己的歷史」。這本書能順利問世,有賴這些友人的陪伴、傾聽。

病中常常想起那些和我一樣受折磨的人,他們有沒有好好道別呢?兩位姊姊病了一陣子,不是不知道離別的時間接近,真的走的時候仍然懊惱那麼快、那麼急,都沒有好好說再見。

病來得突然,一開始又只有少數人知道,一向不喜歡自己腳步匆忙,而死亡逼近這件事於我,於家人、友人們都是陌生的經驗,我希望能好好道別,於是約了幾位好友先讀過原稿,並寫下回應與祝福。

和芸師父相識於年少，再度重逢時我怎麼都想不起她的俗名，即使如此，我們仍然有一段只屬於我倆的革命情感。素芬、楊明一直在文學路上相扶相持，玫君後來雖然不寫作了，卻也是能談文學的友伴，文學於我們，都是永遠的信仰，當文學與疾病碰撞時，我們要如何面對？這場景龔華有深刻的體會，她壯年逢病，放棄順遂的事業，一方面與文學相親，一方面支持病友，我和她談疾病，只需說半句，她便能領會，這種默契不是尋常就有。

隸亞是小友，相交不多卻有我不熟悉的技藝，因緣際會中，她彷佛預知了我的病痛，看到她的回應最後一句，「拿著『師父』牌卡，穿越邊境，重新回到隊伍裡」，這是多麼美好的祝福。

我寫過許多小說，虛構了許多人的人生，而我自己的人生只能真實面對。有一個說法，罹癌者確診的那一刻，就有一個背包上身，裝著手術、治療、復發、擔心、憂慮……實體與非實體的物事，不管在治療哪一個階段，背包都沒辦法放下來。

那麼，背著吧，背著背包繼續前行。

國家圖書館出版品預行編目資料

彼身：被指定的人生課題 / 林黛嫚著. -- 初版. --
臺北市：聯合文學出版社股份有限公司, 2023.06
216 面；14.8×21 公分. --（聯合文叢；731）

ISBN 978-986-323-543-9（平裝）

863.55　　　112008617

聯合文叢 731

彼身：被指定的人生課題

作　　者／林黛嫚
發 行 人／張寶琴

總 編 輯／周昭翡
主　　編／蕭仁豪
編　　輯／林劭璜　王譽潤
封面設計／朱　疋
資深美編／戴榮芝
業務部總經理／李文吉
發行助理／林昇儒
財 務 部／趙玉瑩　韋秀英
人事行政組／李懷瑩
版權管理／蕭仁豪

法律顧問／理律法律事務所
陳長文律師、蔣大中律師

出 版 者／聯合文學出版社股份有限公司
地　　址／(110)臺北市基隆路一段 178 號 10 樓
電　　話／(02)27666759 轉 5107
傳　　真／(02)27567914
郵撥帳號／ 17623526 聯合文學出版社股份有限公司
登 記 證／行政院新聞局局版臺業字第 6109 號
網　　址／http://unitas.udngroup.com.tw
E-mail:unitas@udngroup.com.tw

印 刷 廠／沐春行銷創意有限公司
總 經 銷／聯合發行股份有限公司
地　　址／(231)新北市新店區寶橋路235巷6弄6號2樓
電　　話／(02)29178022

出版日期／ 2023 年 6 月　初版
定　　價／ 350 元

ISBN 978-986-323-543-9（平裝）